緋色の残響

長岡弘樹

双葉文庫

目次

黒い遺品

1

現場は工務店の廃材置き場だった。

羽角啓子《はずみけいこ》は、合掌してから上半身を屈《かが》め、砂利《じゃり》の上に横たわる死体に目をやった。

二十歳前後の男だ。胸に蠍《さそり》の刺繍が施されたサテンのスカジャンを着ている。

「主任、おはようございます」

先に臨場していた黒木駿《くろきしゅん》が近寄ってくると、手帳を自分の顔の前に掲げ、栞《しおり》代わりに挟んでいた人差し指を使い、ぱっとページを開いた。

「被害者の氏名は北本文彦《きたもとふみひこ》。飲食店勤務。十九歳です」

死後硬直が始まっていた。死斑の具合から見て、絶命したのはおそらく昨日の夕方。

遺体が腐敗臭を放ち始めるのは、夏場でも死後二、三日してからだ。いまはまだ五月で、しかも夜はだいぶ冷えるため、絶命してから十数時間しか経っていない亡骸《なきがら》を前にしても、無理に息を止める必要はなかった。

「発見者は、この工務店の従業員です。死亡推定時刻は昨日、五月十二日の夕方、午後三時から五時の間と思われます」

頭を殴られている。側頭部が陥没し、乾いた血液がこびりついていた。

「死因は側頭部を強打されたことによる脳挫傷です。凶器はこの辺に落ちていた鈍器らしいですが――」

遺体のすぐ近くに、丸太、鉄パイプ、鉄骨などが転がっていた。廃材置き場とは、凶器になりそうなものであふれ返った場所なのだと思い知らされる。

「――いまのところ、側頭部の陥没と形状が合致するものは見つかっていません。凶器はおそらく、犯人が持ち去ったのではないでしょうか」

被害者の右袖からは黒い模様が覗いていた。白手《しろて》を嵌《は》めた手でスカジャンの袖を少し捲《まく》ってみると、そこには十字架のタトゥーが彫られてあった。左の中指に嵌められたファッションリングはライオンの頭部を象《かたど》ったもの。誰が見ても不良グループの一員といった風情《ふぜい》だ。この歳なら幹部か。

「北本は、地元の不良グループ『アシッド』のサブリーダー格でした。『アシッド』は縄張りをめぐって他のグループと派手に抗争中だった模様です」

いまいる現場は、自分の家にも近ければ、娘、菜月《なつき》の通う中学校からも遠くない位置にある。これ以上、この界隈で物騒な事件が起きないことを祈るばかりだ。

「『アシッド』と対立していたグループは二つあります。名称は『罰徒《バット》』と『BOA《ボア》』

です」

黒木は手帳を閉じ、野次馬の方へ顔を向けた。

午前九時半。平日のこの時間帯だから、マスコミの連中を除けば、規制線の外側に集まっているのは年配者や主婦ばかりだ。若者の姿は皆無といっていい。

「何にしてもホシが割れるのは時間の問題じゃないですかね。こんな簡単なヤマは久しぶりですよ。『罰徒』と『ＢＯＡ』の連中に片っ端から当たっていけばいいだけですから」

聞いていることを示すために何度か瞬きをしてから、啓子は北本の体に目を近づけた。蠍の刺繍が邪魔をしていままで気づかなかったが、よく見ると、スカジャンの胸元に一輪の花が添えてある。

黄色い花びらの数は五弁。直径一センチほどの小さな花だ。

周囲を見渡してみると、ところどころに同じ花が咲いていることが分かった。

「黒木、これを見た?」啓子は黄色い花を指さした。

「ええ。犯人が置いていったんでしょうね。何て花でしょうか」

「カタバミだよ」

道端や人家の庭など、どこにでも生える多年草だ。変死した遺体に植物が付着していることは珍しくない。こんな仕事をしていると、嫌でも草花にも詳しくなる。

「これは、誰かが――たぶん犯人が置いていったんだよね」

花びらだけではなく、茎が長めに手折《たお》られ、ジャンパーの合わせ目にしっかりと挿し込まれているようだ。自然に付着したものとは考えられない。

「『罰徒』と『BOA』だっけ。その連中には、相手を始末したときに、現場に花を置いていく流儀でもあるの？」

「まさか。連中はこんな洒落《しやれ》た真似はしないはずですよ」

ふたたび黒木は、集まった野次馬たちの方へ視線を向けた。

「もしふざけてやるんだったら、花をもっとたくさん掻き集めてきて、何か卑猥《ひわい》な文字やマークの形を作って残していくとかすると思います」

「でしょうね。そもそも、犯人は一刻も早く現場から立ち去りたかったはずだし……」

にもかかわらず、こんなふうに花を添えていった理由は何なのか。

「自分たちが絶対にやりそうにないことをやる。そうすることで、疑いを他に向ける、ってことかな」

「あいつらの中に、そこまで頭が回るのがいますかね。危険ドラッグやらシンナーやらで、ここが」黒木は自分のこめかみに指先を当てた。「いかれているやつらばっかりですよ」

たしかに、嫌疑を免れようとするよりは、むしろ逆に、やったのは俺たちだと誇示してみせるのが、彼らの行動パターンというものだろう。

「すると、犯人は『罰徒』や『BOA』のメンバー以外の者で、しかも彼らに疑いがかかるのを防ぎたい人物、ということになりますね」

「そう。つまりそれは誰のこと？」

「グループ構成員の親か兄弟あたりですか」

「まあ、そんなところでしょうね」

花に関する疑問はいったん措《お》いておき、啓子は立ち上がろうと膝に手をついた。念のため、集まった野次馬たちの顔を見ておく必要がある。その中に、後に被疑者となる人物が交じっているケースはたまにあるものだ。

「主任」黒木が囁いた。「そのままホトケさんを見ていてください」

「どうしてよ」

相手に合わせてこちらも呟くように小声で応じながら、とりあえず北本の死体に目を戻す。

「さっきからわたしたちの方を——たぶん主任の顔を、じっと見ている男がいるんですよ。記者の腕章をつけています。東州《とうしゅう》ですね」

「誰よ？」首を動かさず声だけで訊いた。

「名前は分かりません。歳は二十七、八。体格は中肉中背。喜んでください。若くて、わりといい男ですから。しかもわたしの見立てでは独身ですね」

「顔の特徴を言って」

「特徴は……ありません。整った顔です。それって言い換えれば平均顔ですから、目立つ部分がないんですよね」

黒木が言っている相手が誰なのか、だいたい分かった。東州日報《にっぽう》社会部の久内宏作《ひさうちこうさく》に違いない。今春から警察署回りをやっている男だ。先日、黒木が不在の折、杵坂《きねさか》署の刑事課にも挨拶をしに来た。歳は二十九だと聞いている。

「主任にも春が来ましたね」

立ち上がりざま、黒木を肘で一つ小突いてやった。記者の中には、男より女を相手にした方がネタを取りやすいと思い込んでいるタイプが少なからずいるものだ。どういう根拠からそんな信念が生まれるのかまでは知らないが、あらかた久内もその類ではないのか。

――さてと。

犯人が自首でもしてこないかぎり、今日から署に泊まり込みになる。次に帰ることができるのはいつになるだろう……。

2

家の東南にある八畳間に入り、啓子は息をゆっくりと吸い込んだ。

普段からあまり空気の入れ替えをしていないせいで、日陰の匂いがした。まだどこかに残っている夫の匂いを逃がすのが惜しいような気がして、なかなか窓を開ける気になれない。

初動捜査で犯人特定に至らなかったため、今朝になって特別捜査本部が杵坂署に設けられた。

案の定、あれから三日間泊まり込みで地取り捜査を続けた。

今日の午後になってようやく二時間の帰宅が許されたのは、署に置いておいた着替えが尽きたからだった。

腕時計に目を落とすと、午後五時を少し過ぎていた。とはいえ、捜査本部には六時までに戻ればいいから、もう少しだけこの部屋に留まっていられる。

大きな事件に取り掛かるときは、亡くなった夫の遺品が眠る部屋で束の間を過ごす。

時間が許す限り、彼の遺《のこ》した品々に触れていく。こうすると、優秀な刑事だった夫から、その能力の何割かを授けてもらえるような気がするのだ。いつのころからかできてしまったそんな習慣は、たとえ被害者が不良グループのサブリーダーだろうが変わらない。ネクタイ、手帳、腕時計と、遺品を一つずつ持っては手触りを確かめていく。

部屋の一角は下部に観音式の扉がついた押し入れになっていた。その観音扉を開けると、中には、同じような形をした木製の丸い容器が幾つもぎっしりと詰め込まれている。どれも碁笥《ごけ》だ。

夫の趣味は何といっても囲碁だった。かなり熱中していた。壁には日本棋院《きいん》から受けたアマチュア四段の免状がいまでも飾ってある。

道具にも凝っていて、少しでも手触りのいい石を求め、出張するたびに日本各地の専門店を訪ね歩いていた。そうして買い集めた碁笥や石の数はどれぐらいになるのだろう。カウントしたことがないから正確な数は分からない。

大きさは様々あり、全部の石が胸ポケットに収まる携帯用の小さなものから、大盤解説で使う通常より一回りも二回りも上のサイズのものまで、かなり豊富に集めてあった。

材質という点でも、石のほか、貝、ガラス、樹脂、プラスチック、紙と種々揃っている。中でも最高級品と言えば、白石なら宮崎県産の日向蛤《ひゅうがはまぐり》、黒石なら三重県産の那智《なち》黒《ぐろ》だ。長くこの部屋に出入りしているうちに、そんな知識まですっかり身についてしまっていた。

啓子は夫の蔵書が並んだ棚に手を伸ばした。そこから取り出したのは黒い革張りのアルバムだった。

台紙とフィルムの間に挟み込まれているのは、新聞記事の切り抜きが主だ。どれにも夫が写っている。被疑者を送検するため、杵坂署の裏にある出入口でワゴン車に向かう場面を写したものがほとんどだった。

さらにページを捲《めく》ると、別の写真が出てくる。かつて地元の新聞社が『県内の守護神たち』と題して、県警から十人程度をピックアップし、毎週一人ずつプロフィールを紹介する記事を掲載したことがあった。そこで取り上げられた夫の写真も挟まっているのだ。遺影にもなっているベストショットというべきその写真の中で、彼は、がっしりとした顎《あご》のあたりを軽く緩ませ、はにかむように微笑《ほほえ》んでいる。

夫の顔をもっと大きく見たくて、啓子は読書用のルーペを手にした。

この拡大鏡も彼の遺品だった。亡くなったときはまだ四十代だったが、すでに老眼が始まっていて、新聞を読むのに苦労していた姿が懐かしい。

気がつくと、紙面にルーペを近づけては、また遠ざける動きを繰り返している自分がいた。

新聞で使われているオフセットという印刷技法は面白いものだ。離れて眺めれば一つの画像と見えるものが、拡大すると実は黒い点の集まりに過ぎないことが分かる。一つ一つを網点《あみてん》というらしいが、この点が大きいところや密度が高い部分は暗く、小さいところや密度が低い部分は明るい色として人の目には映る。

菜月は、この不思議にすっかり魅せられ、小学生の頃からいま現在に至るまで、よくこうして新聞の写真を拡大しては、飽きず眺めている。

ルーペを元の場所に戻し、さらにページを捲っていくと、そこには菜月が描いた父親の絵も挟まっていた。Ａ４の小さな画用紙に描かれた作品だ。小学二年生ぐらいのときに描いたものだったか。

はっきり言って上手とは言い難い。残念ながら、娘は絵心には恵まれなかったようだ。計算や音楽なら得意な菜月だが、絵を描く才能は絶望的に欠けていることがよく分かる。

「ただいま」

玄関の方で声がして、とんとんと廊下を歩く足音が、この部屋へ真っ直ぐ近づいてきた。

三和土《たたき》に置いてある靴で、こちらが帰宅中だと分かったらしい。ついでに、東南の角部屋で出陣前の儀式の最中であることも見抜いたようだ。

制服姿の菜月が部屋に入って来た。

「おかえり」

一瞬だけだが、啓子は鏡を見ているかのような錯覚を覚えた。こっそりと眉毛を細くしたようだ。母親の目は、子供のどんな小さな変化でも見逃さない。これでますます顔の印象が自分に似てきた。だが、この髪型は何だ。

「あんた、それ笑われなかった?」

啓子は自分の頭頂部を指さした。今週の菜月はその位置で髪を結っている。いわゆる丁髷《ちょんまげ》だ。

「そんなことなかったよ。――母さん、いま頭の中にチョンマゲっていう言葉が浮かんでるでしょ。それはやめてよね。パイナップルヘアぐらいだったらまだ許せるけど」

最近菜月は、どこで髪を結うと一番可愛らしく見えるかを、友達同士でいろいろ試しているらしい。週ごとにヘアゴムの位置や本数を変えて登校し、クラスメイトの反応を観察しているようだ。

「もうちょっと加減したらどうなの。頭から噴水が出ているみたいだよ」

「いいの、ほっといて。――またいつもの儀式をやってたんだね」

「そう。父さんからパワーをもらってる」

「父さんて、そんなにデキる刑事だったの」

「ええ。二十五年間の警察官人生で、本部長賞四十二回、署長賞は数知れず」

「待って。母さん、それはしまっといてよ」

アルバムの下手な絵に気づいた菜月が頰を赤らめた。

「時間ができたら、絵を教えてあげようか」

元々不得手ではないし、似顔絵を描く講習も何度か受けている。娘に教えることぐらいならできるだろう。

「せっかくだけど遠慮しとく。わたしはこっちを練習したいの」

菜月は押し入れに山と積まれた碁笥のうち、一つを手にした。はっきりした縞模様が特徴の栗の木でできた碁笥だ。

「今日はこれを借りていくね」

囲碁でも始めてみなさいよ。数か月前にそう勧めてみたのは、ときどき菜月もこの部屋に籠《こも》り、独り、父親を追慕《ついぼ》しているようだったからだ。

最初は「年寄りくさい」と嫌がっていた菜月だが、いったんルールを覚えるや、たちまちのめり込んだ。相手がいないから、いまは教本を片手に一人で「ヨセ」「サバキ」「取らず三目《さんもく》」などと専門用語をぶつぶつ呟く毎日だ。

小学校を卒業する少し前あたりから始め、中学入学前の春休みの間にめきめき上達した。新一年生となった最初の日にあったクラスの自己紹介では、自分の特技として算盤《そろばん》よりも先に囲碁を挙げた、と言っていた。

「じゃあね。一刻も早い事件の解決を陰ながら祈っているからね」

菜月が碁笥を手にして出て行った。碁盤については、同じくこの部屋から持ち出した本榧《ほんかや》の高級品を、すでに自分の部屋に置きっぱなしにしてある。

さて、こっちも出発の時間だ。啓子はスポーツ選手がよくそうするように、両の頬をパンパンと自分の手で叩いた。

3

十五軒回ったら、近くの喫茶店に入って休憩を取ろう。そう黒木と相談して決めていた。その十五軒目となる家は、煉瓦《れんが》模様のサイディング材が特徴的な、なかなかの豪邸だった。門から玄関まで長いスロープがついていた。最近になってバリアフリーのリフォームが施されたと見える。

黒木が鉄の門扉《もんぴ》の横にあるインターホンのボタンを押した。

「お忙しいところすみません。杵坂署の者ですが、また立ち寄らせていただきました」

《はい。お待ちください》

返答したのは女性の声だった。

「主任、喜びましょう。地取り班に回されるということは、若いと思われている証拠ですからね」

黒木の言うとおりだ。鑑《かん》取《ど》り捜査を担当しているのは、ほとんど年配の捜査員ばかりだ。とはいえ、筋のいい場所、つまり死体の発見現場から近いエリアをこうして割り振られたということは、ある程度甲羅《こうら》を経たベテランだと思われていることを意味する。このあたり、少し複雑な思いがないわけではない。

その鑑取りの方も、進展は捗々《はかばか》しくないようだ。『罰徒』と『ＢＯＡ』に所属している連中を片っ端から洗っているのだが、この方針に疑問を呈する捜査員も多かった。彼らの引っ掛かりはもちろん、犯人が置いていったに違いない一輪のカタバミだった。あれが目くらましだとしたら、彼らの行動パターンから外れている。そう考える者はベテランの中にも少なくなかった。

一方で、以前自分と黒木が推理したように、『罰徒』及び『ＢＯＡ』構成メンバーの親か兄弟といった線ももちろん捜査しているものの、いまのところ何も出てきてはいなかった。

「主任、あれ」

傍らにいた黒木が囁き、いま通ってきたばかりの十字路をそっと指さす。

見ると、そこから姿を現した人影があった。ショルダーバッグを提げた若い男——東州日報の久内だ。

久内はそのまま十字路を真っ直ぐ歩こうとしていたが、こちらに気がつくと足を止め、

「羽角さん、黒木さん、お世話さまです」

頭を下げながら小走りに近づいてきた。

黒木は先日まで久内の名前を知らなかったようだ。反対に、久内の方は黒木の名前を把握していたし、いまの口ぶりからすると、気安く話しかけてもいいだけの関係はすでに築いているつもりのようだった。

「あなたも地取り取材の最中なの？」

「はい。例のコロシの件で」

「感心だねえ。最近の記者には、警察の発表をそのまま記事にするだけの横着者が多いってのに」

黒木が冗談とも本気ともつかない口調で嫌味な言葉を添えると、久内はすみませんと頭に手をやった。

「ご存じのとおり、いまは新聞の発行部数は右肩下がりでして。そのせいで記者の数も少なくなっていますから、結果的に一人当たりの仕事量は増えてしまっているんです」

要するに、一つ一つの記事にかけていられる時間が減っている、ということだ。

「時間に追われているのなら、わたしたちと一緒ね。でも、あなたはちゃんと足を使っているんだから偉いよ。いい記者になれるわ、きっと」

「ありがとうございます。本当は、外回りをしていると、すぐに時間がなくなってしまって怖いんです。でも、亡くなった北本さんには、以前、インタビューをさせてもらったことがあったものですから」

「知ってる。読ませてもらった」

「恐縮です」

久内が書いた記事は、昨日の捜査会議で渡された資料の中に入っていた。『行き場を探す現代のギャングたち』と題されたインタビュー記事だった。久内が取材したという相手は匿名だったが、タトゥーの描写から北本だと知れた。

不良グループの声を取り上げたのだから、一般紙にしては際どい内容で、読者からの反響はかなりあったに違いない。そして批判の方が多かったことも想像に難《かた》くない。何とも肝っ玉の据わった企画と言えた。

「ですから、今回の出来事は他人事とは思えなくて、じっとしていられなかったんです」

面識のある者が被害者になったことに衝撃を受ける一方で、殺人という大きな事件に記者としてやりがいを感じているのだろうか、一言喋るごとに、久内の顔が引き締まっていくのが分かった。

「そういうことなら耳よりの情報を教えよう」黒木が久内の肩を叩いた。「ヒントは遺留物だ。現場に何が遺されていたかを追いたまえ。おっと、これ以上は捜査上の秘密だから」

口にチャックのジェスチャーをする黒木に、

「あんたねえ、調子に乗って余計なことを言っちゃ駄目でしょ」

啓子は軽く肘鉄を食らわせてやった。

黒木が肩をすくめると同時に、豪邸の中から人の出てくる気配があった。

「じゃあ、東州さん、またね」啓子は久内に向かって小さく手を上げた。「何かいいネタを摑んだら教えてちょうだい。相応のお礼はするから」

はい、と一礼して背中を向けた久内から、豪邸の玄関へ目を転じると、ドアが開いて電動カートに乗った老人が出てきた。その後ろに、この家の主婦らしき女が続く。カートの速度は遅かった。玄関から門までのスロープが長いため、もう少しここでじっと待っていなければならない。

黒木は、去っていく久内の背中に目をやったあと、それをこちらに戻し、ほとんど唇を動かさないで呟いた。

「やっぱり春が来ましたね、主任」

黒木によれば、先日、北本の死体が発見された現場で、自分は久内に穴の空くほど見つめられていたそうだ。その言葉が嘘ではないことが、いましがた分かった。先ほども、彼から目を逸らしたとたんに、頰の辺りに視線を痛いほど感じたものだ。

「だから、それはありえないってば」

若い男は、歳が十五も上の女に恋愛感情など抱かないだろう。そもそも彼が刑事部屋に挨拶にきたとき、久内は「来月結婚する予定です」と言っていた。

何にしろ、そんなことはどうでもいい。いまやらなければならないのは聞き込みだ。

啓子は顔を前に向けた。

実はこの家を訪れるのは二度目だった。いや、この家のみならず、今日回る予定のすべての家が再度の訪問になる。

「本命は二度目にあり」というのが、先輩刑事だった夫から教わった捜査のコツだ。

初対面のときは、しつこく食らいつかない。相手が「何も知りません」と答えたなら、早々に引き上げる。ただし、「○月○日に、あなたが見聞きした出来事を、できるだけ思い出しておいてください」とだけは伝えておく。そうしてから、数日後にまた訪問するのだ。これは、初対面のときに根掘り葉掘り聞こうとするよりも、はるかに効果的な方法だった。

家から出てきた二人のうち、主婦の方には以前会っているが、男性の方は就寝中ということで話を聞くことができなかった。

「父はご覧のとおり高齢で」主婦が言った。「もう歩けませんけれど、毎日夕方、このカートで近所を回っています」

今日も、ちょうどこれから散歩に出るところだったようだ。

「お訊《たず》ねの五月十二日も、夕方、父はカートで散歩をしました」

「じゃあ」黒木が一歩前に踏み出した。「もしかして、そのとき誰かの姿をご覧になったとか」

「はい。見たと申しております」

「本当ですか。助かります。どんなことでも結構ですからお聞かせください」

主婦が男性の傍らにしゃがみ込み、耳元で「誰を見たんだっけ」と大きな声で言うと、男性の口元が動いた。上手く喋ることができないようだが、それでも「こども」と発音したのは分かった。

隣の黒木が、がっかりした様子を見せる。たしかに犯人が子供だとは到底考えられない。しかし、その子が犯人を目にしていた可能性は残っている。

啓子も二人に一歩近づいた。「どんな子供でしたか」

男性が手を動かす。

「絵を描きたがっているみたいです」

啓子が目配せすると、黒木が手帳とボールペンを男性に渡した。

男性が震える手でペンを持った。

手帳に描かれた輪郭線はあやふやだった。目は二つの点。口はただの一本線。頭髪はボウルを横から見たような半円形で、これもただの記号に過ぎない。かろうじて女の子なのだろうと分かる程度だ。これでは似顔絵の役割をまるで果たしていない。

男性の手が止まった。もう終わりらしい。落胆を押し隠して、啓子が頭を下げた。黒木が手帳とペンを取り戻そうと手を伸ばす。

だが、そこで男性の手が再び動き出した。もう何筆か描き足され、ようやく絵は完成したようだった。

「お手間を取らせてすみませんでした。お礼を申し上げます」

黒木の口調に内心の不満が見え隠れしたのもしかたがないだろう。最後の加筆分を考慮しても、男性の描いたものは似顔絵というにはあまりにも稚拙《ちせつ》で、まるで幼稚園児の作品だった。

豪邸を辞去すると、黒木は頭を掻いた。

「これじゃあ参考になりませんね。どうします？　一応本部に上げますか」

啓子がその絵に無言で手を伸ばすと、黒木が渡してよこした。もう一度、絵にちらりと一瞥《いちべつ》をくれてから、もと来た道を引き返し始める。

「どこへ行くんですか。休憩するなら、次にピンポンする家があるこっちの方でしませんか」

反対の方角を指さす黒木を置き去りにし、啓子は、車を置いてあるコインパーキングを大股で目指した。「帰るのよ」

「そんな。勝手に切り上げちゃまずいですよ」

「いいの。地取りより、もっと大事な仕事をするんだから」

「どんなですか」

「参考人からの事情聴取」

「参考人？　誰のことです」

「だからこれよ」啓子は老人の描いた絵を指ではじいた。

中間試験の前だから、今日は部活動がないはずだ。だったら、娘はもう自宅にいるだろう。

電動カートの老人が最後に書き足したもの――子供の頭から生えた、丁髷とも噴水とも見える線を見つめながら、啓子は車に戻る足を速めた。

4

○描く前に、犯人に関する予備知識を持っていないか自問自答する。
○まず輪郭から先に描いていく。
○目、鼻、口の各パーツを大まかに入れたら、目撃者の証言によって、徐々に特徴を描き加えていく。
かつて受けた講習で教わった「似顔絵描きの三原則」はまだしっかりと記憶していた。

その原則に則《のっと》って描いた絵は、なかなかいい仕上がりのように思えた。

「これでどう」

連れてこられたカフェで、菜月は、うーんと唸《うな》りながらグラスを手にし、アイスコーヒーのストローを咥《くわ》えた。

豪邸の男性が描いた絵に従って菜月に訊ねてみたところ、たしかに事件発生時、娘は現場の近くを通っていた。電動カートに乗った老人に会ったことも覚えていた。

そして、カートの老人をやり過ごしたあとに、廃材置き場の方から小走りにやって来た男とすれ違った、とも証言した。彼の顔に視線を向けたらしい。

菜月が見た感じでは、男の年齢は二十代半ば。ただし体格に特徴はなく、中肉中背としか表現のしようがない、とのことだった。

男は、菜月とばったり出くわすと、一瞬だけ足を止め、体の向きを変えようとしたらしい。引き返そうと思ったのだろう。だがそうすると、かえって怪しまれるし、よけいに強く記憶に残ってしまうと懸念したからか、結局は真っ直ぐやってきて菜月の横を通り過ぎていったそうだ。

そのような状況、そして場所と時間帯を勘案すれば、菜月がすれ違ったその男こそが犯人であるとみて間違いない。

そこで、記憶が薄れないうちにと、急いで菜月をここへ連れてきたところだった。杵坂署ではなく、そのすぐ近くで営業しているカフェが事情聴取の場所として選ばれたのは、いくら母親が一緒だからといっても、刑事部屋の物々しい雰囲気の中ではどうしても萎縮してしまうだろう、との配慮からだった。

似顔絵作成にあたるスタッフも、啓子と黒木だけだ。

もっと上手《うま》く描ける警察官が鑑識係にいるが、菜月はまだ中学一年生だ。緊張し過ぎないよう、相手は母親の方がいいだろうという刑事課長の気遣いは、まあありがたいと言えばありがたい。だが——。

似てない。それが、完成した似顔絵を見た菜月の答えだった。

まあいい。本番はこれからだ。大事なのは微調整だ。いきなり百点の絵は描けない。十五点ぐらいの絵を三十点にし、それをどうにか六十点に引き上げてから、徐々に八十五点にし、最後は満点にする。そういう具合に段階的な完成を目指せばいい。

手配の似顔絵を見た犯人が、こんなに似てるなら逃げられない、と出頭してきた事例だっていくつもあるのだから、これは絶対に手を抜けない作業だ。

「あんたいま、身長はどれぐらい？」

「百五十五センチ」

犯人を百七十センチと仮定すれば約十五センチの差だ。どうしても下から見上げた形になる。頭の方が小さく見え、顎の方が大きく感じられたことだろう。つまり、菜月の証言どおりに描いた絵は、実物より下膨れの顔になっているわけだ。このあたりに微妙な補正を加えることも重要だ。

頬骨の下に線を重ねて陰をやや濃くしてから、書きあがった似顔絵を手で持った。

「こんな感じなら、どう?」

菜月は、また力なく首を横に振った。

「どこが違う?」

「ちょっと待って……」

菜月は眉間に皺を寄せて目をつぶった。そうして考え込んでいるあいだも、啓子は手を休めず、陰をつけていく作業を続けた。これは菜月に鉛筆の音を聞かせることが目的だった。証言者をより協力的にさせる秘訣は、描き手が常に鉛筆を動かしておくことだ。

「……駄目。どこが違うのか分かんない。上手く説明できない」菜月はテーブルに両肘をつき、こめかみのあたりを押さえた。「母さんの署では、モンタージュ写真って作れないの? わたし写真の方がイメージが湧きやすいんだけど」

「あれはとっくにお払い箱よ」

かつて、容疑者を手配する際はモンタージュ写真が活用されていたが、この手法は、作成に手間がかかるわりに逮捕に結びつく確率が少なく、次第に捜査の現場から消えていった。現在、県警ではモンタージュ写真を使う署は一切なくなり、似顔絵捜査が主流となっている。杵坂署でも、モンタージュの作成機器は昨年のうちに廃品回収の業者に引き取られていった。

菜月の傍らには描き損じの紙が重ねられている。啓子がいま描き終えた絵をその上に置くと、壁の時計が午後八時を告げた。

「もう帰りたい？」

そう問い掛けてやると、菜月はうんざりした表情を崩さないまま、しかし首を横に振った。

「じゃあ続けましょう」

その後、何枚か描き続けたが、やはり不首尾に終わった。結局、根負けして鉛筆を放り出したのは啓子の方だった。

「自分の手で描いた方が上手くいくかもしれませんよ」

囁き声でそう進言してきたのは、傍らでこの様子を見ていた黒木だった。

「だけど」

この子は絵の才能が絶望的に乏しいのよ。そう口まで出掛かった言葉を呑み込み、「そうね」と言い直してから、啓子は娘に鉛筆を持たせてみた。

菜月は何枚か描いた。

だが出来上がった絵は、途中で筆が止まった未完成品が多かった。あるものは頭髪だけ、あるものは輪郭だけ。顔の中心部から描き始めたものにしても、鼻だけ、目だけ、眉毛だけ、というものばかりだ。

「ぼくも以前、似顔絵の講習を一度受けたんですが」黒木が頬を指先でタップしながら言った。「そのとき、『絵というものは、自分の好きな、あるいは得意な道具を使うと、より上手く描けるものだ』って聞きました」

啓子は頷いた。自分も同じことを教わった記憶があった。

「ですから、いろいろ準備しておきました」

黒木が菓子の空き箱のようなものをテーブルの上に置いた。箱の中には、署から持ってきたのだろう、クレヨン、サインペン、ポスターカラー、絵画用の平筆、書道用の毛筆、などが入っている。

色鉛筆から試してみるという菜月に、啓子はそれを渡してやった。

「似顔絵のコツは欠点を誇張することにあるの。目が細かったら、糸みたいに細く描いて。唇が厚かったら鱈子《たらこ》みたいにボテッとさせて。それから、首から上だけじゃなくて、体全体の雰囲気を思い出しながら描くことも大事」

「うるさいなあ。ほっといてよ」

イメージどおりに描けないことで苛立《いらだ》ちが高じているらしい。そうした気持ちの乱れから、菜月の筆はますます滞りがちになり、結局、どの道具を使っても失敗に終わった。

とりあえず、何とか最後まで完成したものを一枚、現時点での容疑者似顔絵として採用することにしたいと思ったが、似ていない絵ではかえって捜査が混乱するという刑事課長の判断で、それも見送られた。

杵坂署前からタクシーを使い自宅へ帰った。車の中で菜月はじっと無言だった。捜査に貢献できなかった自分のふがいなさに、だいぶ落ち込んでいるようだ。

家に着いて、早く入浴するように言ったのだが、菜月は、風呂場ではなく夫の部屋へ入っていった。

そこからガタガタと音を立てつつ持ち出してきたのは、いつものように碁笥だった。ただし今日は一セットだけではなく、碁盤の上に載せられるだけ載せている。

階段を上がっていく菜月に向かって、啓子は何か声をかけてやろうと思ったが、娘の足取りは思いのほか速く、台所から出たときにはもう自室へ姿を消していた。

5

刑事をやっていてありがたいと思うことの一つは、ブルーマンデーというものをほとんど体験せずに済むことだ。もっとも、休日も祝日も関係なしに朝から晩まで仕事漬けという身を、世間の誰が羨《うらや》むはずもないのだが。

今日は早朝のうちに地取りに出掛けるが、その前に啓子は、渡されていた捜査資料をもう一度捲った。

その中から取り出したのは、東州日報に掲載された記事のコピーだった。『行き場を探す現代のギャングたち』と見出しのついた、全五段ほどのわりと大きめの記事だ。久内が書いたもので、掲載の時期は今月の初旬だった。

【俗に不良グループと呼ばれる集団がある。彼らが日頃何を考え、何を目指しているのか。某グループの現役幹部であるKさんから話を聴いた。(インタビューと文　社会部・久内宏作)

――幼いころはどんな子供でしたか。

「わりとおとなしいガキだったよ。やんちゃになったのは中学に上がってから」

――グループに入ったきっかけは何ですか。

「ダチに誘われて。たいていのやつはそうだよ」

――誘われたとき、ご自身も乗り気だったんですか。

「そう。昔からどんなことをしても目立ちたいタイプだったからね。でもおれみたいな半端者が人から注目されるには、不良になって暴れるぐらいしかないんで。だから元々、どこかのグループに入りたいとは思ってたわけ」

――グループを脱退したいと思ったことはありますか。

「あるある（笑）。何度も」

——それはどんなときでしょうか。

「やっぱり年齢かな。おれもそろそろ二十歳になるから、潮時かなって思うことも多くなった。あと、親父やお袋を泣かせちまったときだよね」

——ご自分では、親御さんを大切にしている方だと思いますか。

「ちょっとはしている方だろうね。おれがドラッグやシンナーが嫌いなのも、親にもらった大事な体を傷つけたくないから」

——それでもまだ辞めないのはなぜです。

「はっきり言うと後輩が心配だからだよ。次のリーダーがちゃんと育たないうちに上がいなくなると、すぐ他の奴らに食われちまうでしょ」

——ご自身から見て、グループの構成員はどんな人たちでしょうか。

「難しい質問だな（笑）。まあ、よくも悪くも、みんなけっこう人間をじっくり見ているよね。力関係ってものに敏感な奴が多いよ。おれもだけど」

——逮捕歴はあるんでしょうか。あれば罪状も教えてもらえますか。

「たしか六回かな。半分は傷害で、半分は道交法違反」

——刺青やタトゥーはしていますか。

「少しはね。こうやって箔をつけておかないと、相手に舐められちまうから」（Kさん

は袖を捲り、手首に彫った十字架のタトゥーを見せてくれた）

――一般人に暴力を振るったことはありますか。

「ないよ。おれたちがやり合うのは他のグループの連中だけ」

――グループ間での暴力沙汰は頻繁に起きているんですか。

「そうでもないかな。無用な争いはしない主義なんで。元々おれは穏健派。よっぽどのことがないかぎり、おとなしくしているよ」

――いままで大きな怪我を負ったりはしませんでしたか。

「盗んだバイクですっ転んで、肋骨を三本やった。カチコミんときには、そこまで酷い目に遭ったことはないな（笑）」

――抗争で、明らかに相手の方が強い場合、逃げたりはしないんですか。

「ないね。おれたちはメンツで生きているっていう面があるから、喧嘩を売られた以上は買う。向こうがどんな奴らだろうが相手になるよ」

――暴力団とはつながっているんですか。周囲の人の目は気になりますか。将来はどうしますか。いつまでこの活動を続けますか。なりたい、あるいはなりたくない大人像を教えてもらえますか……】とインタビューは続いている。

記事ではイニシャルになっているが、この取材に応じているのが被害者の北本なのだろう。だからこそ資料係はこの記事を捜査員たちに配ったのだし、手首に彫った十字架のタトゥーという点も一致している。

啓子は目を閉じた。生前の北本はどんな人物だったのか想像してみる。だが、イメージはなかなか明確な像を結ばなかった。

「ぼちぼち行きますか」

黒木の言葉に啓子は腰を上げた。

「菜月ちゃんの様子はどうです。もしかして、まだ落ち込んでいたりします?」

「そうでもないみたい。金曜の晩からずっと部屋に籠りっぱなしなんだけど、何をしていたと思う? 囲碁だよ。土曜も日曜も朝から晩までずっとやっていたみたい」

似顔絵の作成に失敗したのが五月十六日、金曜日の夜だ。帰宅してから碁笥を部屋に持ち込んだ菜月は、次の土日もひたすら碁石と向き合っていたようだ。計算すれば四十時間ほど没頭していたことになる。捜査の合間に一度自宅に立ち寄り、部屋の外でそっと耳を澄ましてみたところ、碁笥に手を入れて石を摑むジャラッという音がはっきりと聞こえてきた。

「囲碁? ……ああ、お父さんの趣味だったからですか」

「そう。いますごく熱中しているのよ。今日から中間テストが始まるはずなんだけどね。何をやってんだか」

まあいいだろう。この際、試験の成績など二の次だ。囲碁だろうが将棋だろうが、とにかく打ち込めるものがあってよかった。似顔絵の失敗など早く忘れて、いつもの明るい菜月に戻ってもらうには、何かに夢中になるのが一番いいはずだ。

午前六時半、黒木と一緒に地取り捜査に出た。

いつもどおり、担当エリアのほぼ中央に位置するコインパーキングに車を停める。

――犯人を捜すより犯人を知りうる人を捜す、が捜査の基本だよ。最初から「怪しい人はいませんか」と訊ねて回っても、そんなものが簡単に出てくるはずもない。だから、定時通行者への聞き込みも、犯人を見つけるためではなく、犯人に関する情報を持っている人を捜すために行なうわけだ……。

夫から教えられたそんな言葉を思い出しながら、往来で箒《ほうき》を手にしている年配者やゴミ出しに出てきた主婦に的を絞って聞き込みを進めたが、目ぼしい情報は摑めないまま時間だけが過ぎていった。

コンビニのイートインコーナーで朝食を済ませたあと、各戸を一軒ずつ当たってみるかたちに切り替えた。以前の聞き込みで、早朝の再訪問を応諾してくれた家が何軒かあった。まずはそこから回ってみることにする。

やや焦り始めた指先で、今日一軒目のインターホンを押した。

年配女性の声で《お待ちください》と応答があったとき、肩から提げていたバッグの中で携帯電話が鳴った。

【羽角啓子】。発信元に自分の名前が表示されているということは、自宅から菜月がかけてきたわけだ。

七十前後の女性が、ちょうど顔を出したところだった。バッグを睨みながら、こんなときに限ってと思ったが、黒木が「ここは任せてください」と目顔《めがお》で伝えてきたので、彼に向かって両手を合わせてからその場を離れた。

《母さん》菜月の声には、心なしか震えが混じっていた。《描けた》

「何が」

《顔》

啓子は携帯を握り直した。「本当なの」

《嘘ついてどうすんのよ、こんな大事なことで。本当に今度は上手くいったよ。頭の中にある男の顔が、そのとおりに描けた》

「じゃあ、その紙を持ってここまで来て」

《無理》

「どうして」

《当たり前じゃない。だって、いますぐ学校に行かなきゃ遅刻しちゃうよ。こっちは今日から中間テストなんだから。母さんが家に来てよ、わたしの部屋に。ドアを開ければ

分かるから》

「しょうがないわね」

《それから、黒木さんに、ありがとうございました、って伝えておいて》

「どうして」

《黒木さんの言ったとおりにしたら描けたから》

気をつけて行ってきなさいよ、と付け足して電話を切った。

ちょうど黒木が聞き込みを終えたところだった。指二本でバツ印を作ることで二十軒目も空振りだったことを伝えてきた後輩の腕を取り、コインパーキングの方へ駆け戻る。そうしながら言った。「ありがとうございました」

「……いきなり何のお礼ですか、そんなに改まって」

「娘があんたにそう伝えてってさ」

いつか黒木が言っていたように、好きな道具を使ったら上手く描けた、ということなのだろう。

この場所から自宅までは約五キロといったところか。十分ぐらいかかりそうだ。

その間に死体の状況をもう一度思い返してみる。北本の胸元に添えられた一輪の花、カタバミ。

いったい犯人はどうしてこの花を被害者に手向《たむ》けたのか。どういう意味があるのか。

もしこの花がなかったら、我々の捜査はどこへ向かっていたのか……。

「一緒に入って」

自宅に到着すると、また黒木の腕を引っ張り、上がり框《かまち》にスリッパを揃えた。

菜月の部屋は階段を上がってすぐだ。本人がいないと分かっていても、「入るよ」と短く声をかけ、ドアを開けた。

「ったく、こんなに散らかして」

洋室で、広さは七畳分ほどある。ベージュ色のカーペットが敷かれた床には、その半分以上の面積に碁石が散らばっていた。どれも黒い石ばかりだ。学校に遅刻しそうだから慌てて家を出ようとし、その際に碁笥を机の上から落としてしまった、といったところか。

散らばった碁石をよけて机に近づく。その机上《きじょう》を見ても、画用紙の類はどこにもなかった。

手近にあったノートを捲ってみたが、そこにも絵らしきものは何も描かれてはいない。

「……羽角主任」

背後で黒木の声がした。遠慮してか、部屋の中までは入らずに廊下に立っていた彼は、こちらに手招きをしている。

そういえば菜月は先ほどの電話で、《部屋に入れば分かる》と言ったのではなかった。《ドアを開ければ分かる》と言ったのだ。

黒木の手招きに応じ、啓子も机の前を離れ、廊下に出た。そこから部屋の中に改めて視線を向けて、ようやく確認することができた。たしかにいま、娘の部屋には完成された一枚の似顔絵が置いてある。

それは若い男の顔だった。

そうか。この描き方なら、じっくりと微調整を繰り返しつつ、自分の頭にある像に作品を近づけていくことが容易にできるわけだ。

金曜日の夜からつい今しがたまで、十分に時間をかけて菜月はそれをやった。そして記憶に留まっていた顔の映像を、ほぼ完全な形で脳の外へ取り出し、再現することに成功したのだ。

6

隣室の小窓から覗くと、久内は神妙な様子で取り調べに応じていた。

黒木が隣に立ち、小声で言った。「終わっちゃいましたね。主任の春は」

「だからさ、そんなものは最初から始まっちゃいないんだって」

会うたびに久内が、こちらの顔をじっと見つめてきた理由。

それは似ていたからだ。

杵坂署にいる中年の女刑事は、犯行後にすれ違った、髪を頭頂部で結った女子中学生と、なぜか瓜二つだった。女子中学生は自分の姿を目撃している相手だ。それと同じ顔の人間がそばにいたら、子供と大人という違いはあるにせよ、気にするなという方が無理な話だろう。

「被害者の死体に花を添えた理由は何かね」

それまで項垂《うなだ》れていた久内だが、取調官のこの質問にだけは、自分を誇るように昂然《こうぜん》と顔を上げてから口を開いた。

「あのままでは、対立するグループの構成員が疑われると思いました。記者として、冤《えん》罪《ざい》に加担することはできません。ですから、とっさに彼らがしそうもないことをやったんです」

啓子は、家電製品を扱う店に立ち寄ってから、家に帰った。

菜月もすでに帰宅していて、今日の新聞に載ったいろんな写真をルーペで覗いていた。

書類の入った角形2号の封筒を仏壇にあげる。捜査資料を自宅に持ち帰ることは禁止されているが、紛失したり盗まれたりしないよう十分に注意しておけば問題はないだろう。

——おかげさまで、犯人逮捕まで漕ぎ着けました。

夫への報告を終えたとき、菜月が近寄ってきた。

「悪かったわね、ここのところずっと留守にしていて」

「平気。静かでかえってせいせいしたし。それからご飯はちゃんと自分で料理して食べたから心配しないで」

「献立は？　昨日食べたものを言ってみて」

「白米、味噌汁、鰯の生姜煮、きんぴら牛蒡《ごぼう》、こんにゃくの白和え、胡瓜《きゅうり》の漬けものをちょっと。デザートはキウイとプリンスメロン。わたし地味飯《めし》が好きなの。ファストフードには手を出さないから安心して」

「了解。——そういえばあんた、将来新聞記者になりたいって言ってなかった」

啓子は封筒の中から一枚の紙を取り出した。久内の手になるインタビュー記事だ。

「記者になりたければ、先輩が書いた記事にじっくり目を通すことも勉強の一つだよね」

「つまりこれを読めってこと？」

「そう。あとで感想を聞かせて」

菜月が記事に目を落とし、二分とかからないうちに顔を上げた。

「このKって何者? こんな人本当にいるのかな」

「それがあんたの感想?」

「そう。だって、ちぐはぐなんだもの」

啓子は菜月の背中を軽く叩いてやった。

菜月の言うとおりだった。Kなる人物の言動が、どうも一貫していないのだ。「やるじゃない」

「親にもらった大事な体を傷つけたくない」と語る一方で、箔をつけたいからとその体にタトゥーを入れている。

自分の性格については、「どんなことをしても目立ちたいタイプ」と言っておきながら、そのあとで「穏健派でおとなしい」などと答えてもいる。

「力関係に敏感」との言葉も、「売られた喧嘩は必ず買う」とする態度とは相容《あいい》れないものだ。

このように矛盾した記述を読ませられていたのだから、久内の記事から北本の人物像が明確にならなかったのも当然だった。

ならば、なぜ北本の答えに一貫性がなかったのか。その理由は、この記事が実際のインタビューに基づくものではなく、まったくの想像で書かれたものだからではないのか。

もちろん久内は当初、実際に不良グループのメンバーを誰か見つけてインタビューをするつもりでいたはずだ。だが他の仕事に追われているうちに締切が来てしまった。そこでやむなく、取材をせずに自分の想像だけで記事を捏造《ねつぞう》してしまった、といったところだろう。

問題は、久内が頭だけで作り上げた「手首に十字架のタトゥーがある男、K」が、実際に県内の不良グループの中にいたことだ。それが北本だった。

久内は北本から工務店の廃材置き場に呼び出され、あんたはいつおれにインタビューしたんだと詰め寄られた。記事が捏造だと知られたくなければ金を払え。そう脅されたであろうことも想像に難くない。

久内にとっては、金銭の支払いよりも、記者生命が終わることの方が恐ろしかったのではないか。結婚を控えていた身だ、なおさら職を失うわけにはいかなかった。また、金を払ったとしても、繰り返し半永久的に強請《ゆす》られるだけだ。

こうなった以上、北本の口を封じるしかなかった。そこで手近にあった廃材を手にし、それを相手の側頭部へ振り下ろした――。

啓子は家電量販店のロゴが入った紙袋を引き寄せた。そこから取り出したのは、菜月が前から欲しがっていたコンパクト型のデジタルカメラだった。

「これ、母さんからのプレゼント。犯人を捕まえることができたのは、ほとんどあんたのおかげみたいなものだからね」

菜月が自分の部屋で描いた似顔絵は、この家まで出張ってきた杵坂署の鑑識係によってフィルムに収められた。その写真を基に専門の技官が改めて似顔絵として描き起こした顔は、紛れもなく、東州日報の記者、久内宏作のものに違いなかった。

「違うって。父さんのおかげ」

「いいのよ、そんなに謙遜しなくても」

「じゃあ、遠慮なくもらっちゃうね」

さっそく開封し、付属品の電池を入れた菜月は、説明書を読まないままこちらにレンズを向けてきた。

「モデル第一号は母さんて決めてたから」

「ありがと。ついでにもう一つ、ぜひとも撮影してほしいものがあるんだけど」

「何なの」

「あんたの部屋にあるもの。まだそのまま置いてあるんでしょ、あの似顔絵」

菜月は首を振る。

鑑識が菜月の部屋で撮影していったフィルムは、公式に捜査資料として保存されている。だがそれとは別に、個人的にも所有しておきたかった。デジカメを買ってきた理由の半分はそこにあるのだが、これではがっかりだ。

「そんなに落ち込むことないって。前のはなくなっちゃったけど、新しいのを描いといたから」

「今度は誰の顔よ」

「大事な人。母さんのね」

階段を上り、菜月の部屋に行った。ドアを開ける。

たしかに、カーペットの上には、久内に代わって別の新しい人物の顔が完成していた。

床に散らばった黒い碁石の数は、ざっと見て三百ぐらいだろうか。

それら大小の石を網点として使い、一個一個動かす微調整を経て、新聞写真と同じ技法で描かれた巨大な人物画の顔は、がっしりとした顎のあたりを軽く緩ませ、はにかむように微笑んでいた。

翳った水槽

1

これから始まる母親と担任教師のやりとりを、そっと録音しておいたらどうだろう。

そう急に思い立ったのは、新聞部員としての仕事が頭にあったからだった。今月はコラムを書く当番になっている。タイトルは『先生、いらっしゃいませ』あたりがいい。家庭訪問で出た話題を紹介し、それに考察を加えた記事にしたら、けっこう面白いかもしれない。

いままで何を書いたらいいか決まらず悩みに悩んでいただけに、いったん方向性が決まると、イメージはとんとん拍子に膨らんだ。

羽角《はずみ》菜月《なつき》は、机の抽斗《ひきだし》からＩＣレコーダーを取り出した。ところが、スイッチを入れても液晶画面には何も表示されない。電池が切れているようだ。しばらく使っていなかったので気づかなかった。

使用電池は単四なのだが、自分の部屋にある道具箱を引っ掻き回しても、単三しか見当たらなかった。

部屋を出て、リビングに足を向けた。テーブルの上にあったテレビとエアコンのリモコンを裏返す。ところがどちらも、使われている電池は単三だった。エアコンのリモコンをテーブルに戻したとき、その液晶画面に表示されていた時刻が目に入った。

【15：48】

慌ててリビングを飛び出した。約束の時刻は午後四時だ。あと十分ちょっとしかないというのに、お茶菓子の準備をまったくしていない。

台所に駆け込んだ。幸い、ポット内に残っていた湯は、まだ十分に熱かった。胸を撫でおろす気持ちで、菜月は戸棚から急須を取り出した。その蓋を開けてみると、内側に乾いた茶葉がこびりついていた。

スポンジに洗剤をつけ洗い始めたが、ちょっと擦《こす》っただけでは、茶葉は取れなかった。急がなければ、江坂《えさか》先生が来てしまう。

いや、もっと困った問題があった。肝心の母親、啓子《けいこ》が、どこで道草を食っているのやら、まだ仕事から戻っていないのだ。

――ったく。

小声で毒づき、スポンジを動かす手に力を込めた。

突然、指先が空《くう》を切った。次の瞬間、流しの中で急須は大きな二つのパーツと細かい幾つかの破片に変わっていた。

割れた急須の欠片《かけら》を拾い集め、台所の時計に目をやる。

午後四時まであと七分。

別の急須はなかったかと戸棚を覗いてみたが、見当たらない。

菜月は小走りに台所を出た。

向かった先は階段の下に設けられた物置だった。扉を開け、手元のスイッチを押すと、低い天井で弱い照明が点灯した。

二段になった木製の棚が設置されているため、ここの収納力は見た目以上に高い。狭い空間で、菜月は四つん這いになった。急須が白い段ボール箱の下の段にしまってあることだけは、何となく覚えていた。

目の前には、サンドアートで使う砂や、ボウリングのシューズなど、普段見慣れないものがいろいろと転がっている。こんなときでなければ、グッズの探索をゆっくりと楽しめるのに。

白い段ボール箱はすぐに見つかったが、その手前に、紫色の風呂敷で覆われた四角い箱のようなものがある。これが邪魔で、奥の段ボール箱が取り出せない。

風呂敷を解《ほど》いてみて、それが水槽だと分かった。縦、横、高さはともに三十センチほど。水槽としては小型の部類に入るだろう。

我が家にこんなものがあったのかと軽く驚いたが、いまはそれどころではないと思い直し、水槽をどかしにかかる。意外に重くて手こずったものの、どうにか横に移動させ、その奥にある段ボール箱から、代わりの急須を取り出した。

チャイムが鳴ったのは、台所に駆け戻る途中のことだった。

——やば。

江坂が啓子より先に来てしまったのだ。待たせるわけにもいかず、とりあえず菜月はインターホンの親機に飛びついた。

親機のモニターに映った江坂恵弥《めぐみ》の姿は、カメラの角度のせいか、学校で教壇に立っているときよりも、いくぶん小柄に感じられた。

「いま玄関を開けます。ちょっとお待ちください」

緊張しているせいで、普段よりも声が高くなった。

玄関に走り、ドアを開けた。

「こんにちは、羽角さん」

笑顔で挨拶をしてきた江坂は、言葉の最後で、おやっ、という顔になった。こちらが手に急須を持ったままだと気づいたからだろう。

「ごめんなさい。もうちょっと待ってから来ればよかったみたいね」

「いいえ、そんな。……あの、実は、母がまだ仕事から戻っていないんです。そろそろ帰ってくるはずなんですが」

「そうかもしれないと思った。しかたがないよ、刑事さんだものね。事件はいつなんどき起きるか分からないんだし。――しばらく、お家《うち》のなかで待たせてもらってもいいかな」

「もちろんです。どうぞ」

江坂をリビングに通し、ソファに座ってもらってから、台所に引っ込んで茶の準備をした。

家庭訪問――正直なところを言えば、恨めしい慣わしだった。母親の前で担任から自分があれこれ評されたら誰だって緊張の連続だろう。加えて、親が教師に向かって家庭での様子を暴露しにかかるのだから、子供としてはたまったものではない。

リビングに戻って茶を出すと、一口啜《すす》った江坂は、美味《おい》しいと言ってくれた。「羽角さんが普段からお母さんの手伝いをしていることがよく分かるね」

湯飲みをそっと茶托《ちゃたく》に戻すと、彼女はハンドバッグを開け、そこから茶色い革製の手帳を取り出した。

「先生は、このあとも別の家を訪問されるんですよね」

「いいえ。今日は羽角さんのところでおしまい。だって、ここへ来る前に、もう三軒も回ってきたんだもの」

一軒あたりの滞在時間は四十分となっている。移動時間を含めれば、三軒で三時間ほどかかったのではないか。だが、今日の授業は午前中までしかなかったから、教師の側にもそれなりの持ち時間はあったわけだ。

「そうですか……」

それっきり会話が途絶えてしまい、気詰まりな空気になった。

江坂がちらちらと壁の時計に視線をやるたび、この場から逃げ出したくなる。

そのとき、リビングの隅に置いてある電話機の着信ランプが光ったのに気づいた。コール音が鳴る前に菜月は子機を取り上げていた。

《先生に代わって》

案の定、啓子からだった。菜月はむっとした。人を待たせていることに対し一言の謝りもないまま、命令口調で指示だけを投げてよこす。こんなことをされては腹を立てるなという方が無理だ。担任教師の前でなければ、文句をひとくさりぶつけていたところだ。

「ちょっと待って」

極力平板なトーンで応え、江坂に子機を渡した。

「お邪魔しています……。はい……。そうですか、それはお疲れさまです……。承知しました。では失礼します」

江坂が返してよこした子機を受け取りながら、いまのやりとりの内容を目で訊《たず》ねる。

「お母さんね、帰れなくなったって」

そんなことだろうと、だいたい予想はしていた。

「近くの信用金庫で強盗事件が起きちゃって、急に現場に呼ばれたみたい」

「すみません……」

「謝らなくていいのよ。羽角さんのせいじゃないから。じゃあ、また日を改めてお邪魔することにして、今日は帰ります。——あ、でもせっかく羽角さんが淹《い》れてくれたんだから、全部いただいていくね」

もう一度湯飲みを手にした江坂は、一方の壁に目をやりながら、まあ、と口にした。

「素敵だね、あれ」

担任教師の目は、二羽の兎《うさぎ》を刺繍したタペストリーに向いている。

「母が作ったんです」

「そうなの。力作ね。生きるための必死さが、よく伝わってくるもの」

そんなふうに江坂が感想を述べたのは、兎たちの色を見てのことだろう。一羽は白だが、もう一羽は茶色だ。「二羽は同じ兎で、季節ごとに周囲の景色に合わせて体毛が変わるさまを表現した」——そのように作者の啓子も言っていた。

「お母さんに伝えておいて。次に刺繍するときは、お魚を題材にしてはどうかしらって」

「そういえば、魚類にも背景に溶け込むことで身を守ろうとして体の色を変えるものが多い、って聞いたことがあります」

「そう。透明の水槽に、薄い色の魚がいるとするでしょ。それを濃い色の着いた水槽に入れ替えると、どうなると思う？」

「中間の色になるんじゃありませんか」

「正解。なんか絵具っぽくない？　1番の色に2番の色を混ぜたら3番の色になる、みたいな感じだよね」

それはちょっと面白い表現だ。

「そして、また透明の水槽に戻してやると、濃い色が抜けて薄い色に戻るの。あれは見ていて楽しいな」

「先生は生き物にも詳しいんですね」

「でしょう。わたし、国語よりも理科の担当に向いているのかも」

二人で笑い合ったあと、菜月はまた刺繍に目を戻した。

あれは、去年までは階段下の物置にしまってあった。先月、担当していたある事件に解決の目処が立ち、啓子には気持ちの余裕ができた。そのとき一気に仕上げたものだった。

「この家の物置は、母の『やりたいことリスト』なんです。いろんなものが、やりかけのまま置いてあります」

「へえ。例えばどんなもの？」

「サンドアートとか、ボウリングとかです。自分でやりたいことを見つけてきては、どんなに忙しくても無理して始めてみるんです。でも、捜査が行き詰まったりすると、精神力を全部仕事に奪い取られてしまって、結局中断しちゃうんです」

そしてその道具だけが、長い間物置にしまわれることになるのだ。

「その刺繍もそうでした」

「なるほど。でもまた気持ちに余裕が生まれたら、続きを再開するわけね」

「はい。犯人の目星がついて、その重要参考人を任意で署まで連れてきて、事情聴取をする段まで漕ぎ着けると、しまっていたものを物置から引っ張り出してくるのがいつものことなんです」

江坂は手にしていた湯飲みをいったん口元から離し、うふっと笑った。中学生が「重要参考人」だの「事情聴取」だのという用語を、当たり前のような調子で口にするのがおかしかったからだろう。刑事の娘として暮らしているこちらの身にしてみれば、この程度の言葉はいたって普通なのだが。

「すると、お母さんが物置にしまっておいたものを何か引っ張り出してきたら、ああ、いま手掛けている事件が片付きつつあるな、という証拠になるわけね」

「そうなんです」

「次に物置から復活するものは何かしら」

「もしかしたら、さっきもちょっと話題に出ましたけど、水槽かもしれません」

「だったら、お魚を飼うこともお母さんのやりたいことの一つなんだね」

「そうみたいです。わたしもついさっき初めて知ったんです。母が水槽なんか買っていたなんて」

「それは奇遇だな。先生ね、羽角さんのお母さんと、とってもいいお友達になれるかも」

どういうことですか？　菜月は目で続きを促した。

「実は先生も、いま住んでいる部屋でお魚を飼っているの」

「どんな魚ですか」

「メダカ」

熱帯魚か金魚のようにカラフルな魚を想像していただけに、この答えにはやや拍子抜けがする思いだった。

飼育しているメダカは全部で三十匹。敢《あ》えて自分が担任をしているクラスの人数と同じ数にしたという。学校を離れても、受け持ちの生徒のことを常に忘れないように、と

の思いで飼い始めた。そう江坂は説明してから、

「ごちそうさまでした」

ほとんど空になった湯飲みをテーブルに戻し、ソファから立ち上がった。

啓子との面談が延期になった途端、会話が弾んだ。刑事と会うということで、江坂は江坂で緊張していたようだ。結局、彼女の滞在時間は、家庭訪問に予定されている四十分間を少し超えていた。

「これから、また学校へ戻るんですか」

一緒に玄関まで歩きながら訊ねてみると、江坂は首を振った。

「もう仕事はおしまい。先生も自分の家に帰ります」

江坂を送って玄関から出てみたところ、自宅の門前には、見覚えのある赤いスクーターが停まっていた。いつも通勤に使っているそのバイクに乗って担任教師が去っていったあと、菜月は携帯電話を使って啓子にメールを送った。

【先生はもう帰ったよ。あとでちゃんと謝っておいて!】

テーブルの上を見ると江坂の手帳が置かれたままになっていた。ハンドバッグにしまうのを、うっかり忘れてしまったらしい。

普段は落ち着いているのに、忘れ物をするとは。いまから彼氏と会う約束でもしていて、心ここにあらずの状態だったのだろうか。江坂はまだ独身だが、恋人がいるらしい

ことは、クラスのませた女子生徒がこっそり聞き出していて、こっちの耳にも入っていた。

ざっと片付けを終えたあと、リビングの壁に貼ってある連絡網の用紙で江坂の住所を調べた。『グランコート八日町《ようかまち》三〇四号室』とある。

菜月は手帳をリュックに入れ、自転車に乗って家を出た。

2

秋の日没は早い。暗くなるまでには自宅に戻りたくて、立ち漕ぎして急いだ。だが八日町の地理がよく分からず、江坂の住むマンションを探し当てるまでに、だいぶ時間を無駄にしてしまった。

グランコートという名称は何やら立派だが、実際の建物は老朽化していて、だいぶみすぼらしいものだった。家賃も知れたものだろう。担任教師の住まいがここまで質素だとは、ちょっと意外だった。

赤いスクーターが建物横の駐輪場に停まっているのを確かめてから、菜月は階段を使って三階まで上がっていった。

仕事を終えて緊張がとけたとき、江坂はどんな女性に戻っているのか。いきなり訪問したら、普段は見せない一面を覗かせるかもしれない。

そういえば、母から聞いたことがある。被疑者を落とすには、十分に油断させてから、どんと決定的な証拠を突きつけるのが効果的なのだ、と。この場合、その決定的証拠を「突きネタ」と呼んでいるらしい。

そんなことを思い出しているうちに、三階まで上がりきっていた。少し息を弾ませながら、三〇四号室の呼び鈴を押す。

「羽角です。忘れ物を届けに来ました」

返事はなかった。駐輪場にスクーターがあったから、在宅しているはずなのだが。それとも徒歩で近所のコンビニにでも出掛けているのか。

レバーハンドルを押し下げてみると、鍵は掛かっておらず、ドアは簡単に開いた。

「施錠をお忘れですよ。——あの、入ってもいいですか」

刑事の家が泥棒の被害に遭ったら立つ瀬がない、ということで、啓子からは普段うるさいほど「防犯に気をつけろ」と注意されているから、鍵を掛けないまま家を空けるという状態を、どうしても放っておけなかった。

「お邪魔します」

無断で上がり込むことにためらいつつ、菜月は土間で靴を脱いだ。

疲れて寝ているのかもしれないな。そう思いつつ廊下を進んでいくと、突き当たりは八畳ほどのリビングになっていた。

テーブルがあり、向かって左側に背凭《せもた》れのついた椅子が一脚だけある。この椅子を普段、江坂は使っているのだろう。

その向かい側にも椅子が一つ、テーブルからはみ出す格好で置いてあるが、こちらは丸い形のスツールで背凭れはない。来客用といった感じだ。

スツールの背後にはいかにも教師の部屋らしく、本棚が二つ設置してある。本棚と本棚の間には、木製のキャビネットがあり、その上に幅五十センチぐらいの水槽が載っていた。水槽は全面ガラス張りだが、左右は本棚で、奥は部屋の壁でそれぞれ塞《ふさ》がれた格好だから、内部は一面からしか覗き見ることができない。だが、それでも水はクリアで、中にいる小さな魚をはっきりと観察することができた。

これが先ほど江坂の言っていたメダカらしい。十匹ぐらいずつ、三つの群れを作って泳いでいる。

きちんと世話をしている証拠だろう。メダカたちの動きは活発だった。しばし、灰色をした小魚の群れに目を奪われたあと、菜月は江坂の手帳をテーブルの上に置き、ポケットから自分のメモ帳と鉛筆を取り出した。

【忘れ物をお届けにきました。羽角菜月】——そう書いて切り離したメモ紙を手帳に添えてから、改めて間取りを確認してみたところ、隣の部屋は寝室になっているようだった。

「失礼します」

囁き声で言い、そっと引き戸を開けてみる。

ベッドの中に江坂がいた。体の右側を下にし、後頭部をこちらに向ける格好で横になっている。

やはり睡眠中だったか。

起こすにはしのびなく、菜月はそっと三〇四号室をあとにした。だが、防犯という点で大いに問題があるから、このままにはしておけない。

入口に管理人でも常駐していればよかったのだが、このマンションの場合は無人だった。しかたなく、一番近い交番まで自転車を走らせ、そこにいた若い警察官に、部屋を無施錠にしている独居女性がいることを告げ、見回りに行くようにお願いしたところで、やっと少しは安心できた。

途中、家電量販店の前を通り過ぎたとき、裏蓋を開けたＩＣレコーダーを机の上に放り出したままだったことを運よく思い出した。

その店で単四の乾電池を買い求めたあと、ほとんど立ち漕ぎで自転車のペダルを踏み続けた。

どうにか暗くなる前に自宅に帰り着き、二階の自室に上がった。まずＩＣレコーダーに電池を入れ、続いて緑色をしたA４判のノートを開く。

『わかばの記』と題されているこのノートは日記帳だった。『わかばの記』は毎朝のホームルーム時、担任に提出しなければならない。その日のうちに江坂が三十人の生徒全員分に目を通し、夕方のホームルーム時に返却する。ページ内に「保護者」と書かれたサイン欄が設けられていることから分かるとおり、これは親にも見せるのが決まりだった。

今日、日記に書くことは決まっていた。「母親に家庭訪問の予定をすっぽかされたこと」だ。

――めだかのがっこうはかわのなか。そっとのぞいてみてごらん……。

知らず口ずさんでいた童謡の一節に、携帯電話の着信音が重なった。ディスプレイに表示された番号を確かめるまでもなく、直感で啓子からだと分かった。菜月は机上《きじょう》に置いてあった端末を手にし、こっちから先に喋ってやった。

「どうなったの、信金強盗は？」

《犯人はすぐに捕まったよ》

そのわりには啓子の口調は硬い。

「じゃあ早く帰ってきて」

《無理。別の事件が起きたから》

「今度は何。また強盗?」
《ハズレ》
「じゃあ放火? それとも傷害?」
《どっちもブー》
啓子が発しているのは抑揚のない不機嫌そうな声だったから、菜月もそれ以上は訊かなかった。こうなると、答えは自《おの》ずと一つに絞られてくる。
「じゃあ着替えを準備しておくね」
すぐに犯人が見つからないかぎり、また数日間は家に帰ってこられないはずだ。
《お願い。助かる》
「それはそうと、江坂先生にはちゃんと謝っておいてくれたんでしょうね」
《電話はしたよ。あんたに言われたとおりね》
しまった、と思った。江坂は寝ていたのだ、そのこともちゃんと伝えておけばよかった。
「電話してくれたのは何時ぐらい?」
《五時半》
すると、江坂の部屋を出た自分が交番に向かっていたころか。
《でも応答はなかった》

それは江坂が寝ていたからだ。
《そのあと、先生の部屋にも行ってみた》
「直接謝りにいってくれたの？　わざわざ？」
そこまではしなくてもよかったのに、と思う。
《勘違いしないで。部屋に行ったのは、家庭訪問のすっぽかしを謝るためじゃない》
「じゃあ何のため？」
《仕事のため》
仕事……？
ベッドに横たわった江坂の後頭部が思い出された。あのとき彼女の寝息は聞こえただろうか……。
嫌な予感が胸の裡《うち》に広がってきた。そんな質問をしちゃいけない。そう強く思うのだが、やはり菜月は口を開かずにはいられなかった。
「母さん。新しい事件って、殺人だよね」
《ええ》
「もしかして、被害者は……」
《あんたの先生よ。杵坂《きねさか》市立けやき中学校一年三組の担任教師、江坂恵弥。二十九歳。死亡推定時刻はいまから一時間ぐらい前》

啓子の言葉は、捜査会議で手帳に書いた文字を読み上げているかのような口調だった。

自分が江坂の部屋に入ってから、まだ四十分ほどしか経っていない。するとやはり、あのときベッドの中に見た彼女は、眠りに就いていたわけだ。ただし、もう二度と目覚めることのない眠りに……。

3

起床し、一階へ降りる途中、階段の下でガサゴソと音がしていることに気づいた。

「何してんの」

物置にいる啓子に声をかけた。今日の出勤は午後かららしいから、母もまだパジャマ姿だ。

「ちょうどよかった。手伝って」

よく見ると、啓子はあの水槽を引っ張り出しているところだった。

「そっちを持って」

頼まれるまま、一方の角を持った。

菜月は、てっきりリビングに運ぶものだとばかり思い込み、そちらに足を向けたが、

「違う違う」

啓子は和室の方へ顎《あご》をしゃくっている。

母が設置スペースとして考えていたのは床《とこ》の間だった。

「こんなところに置くの？　おかしいよ」

「いいのよ。まずはここで。——それと、ついでにもう一つ頼まれてくれない？」

啓子は、一枚のビニール袋を差し出してよこし、依頼の内容を口にした。

「分かった」

菜月はビニール袋を持って登校した。

一時限目から六時限目までずっと、今日もどこか上の空で過ごした。気がつけば、もう夕方のホームルームの時間になっていた。

【今月の学級目標　育てよう。生き物を慈《いつく》しむ心】

黒板の右端に残された江坂の字に、また菜月は目を向けた。担当は国語で、習字も教えていただけに、江坂の手になるチョークの筆跡は非常に整っている。

葬儀にはクラスの全員が列席したが、何もかもが質素な式で、彼女のみすぼらしいマンションを思い起こさせた。

「小畑《おばた》……金山《かなやま》……国仲《くになか》……小室《こむろ》……」

黒板から窓際に目を転じれば、学級文庫の棚の上に、見覚えのある水槽が置いてある。

江坂の部屋にあったものだ。水槽の中では、三十匹の白いメダカたちが大きな目をきょろきょろと動かしながら泳ぎ回っていた。

事件から一か月が経ち、一年三組の教室内で生前の江坂を偲《しの》ばせるものといえば、黒板の文字とこの水槽ぐらいになってしまった。

「斎木《さいき》……篠田《しのだ》……曽我《そが》……田丸《たまる》……」

江坂は絞殺されていた。ほかに外傷はなし。首に付着した繊維から、凶器はネクタイではないかとみられている。

江坂の遺体を発見したのは、自分が見回りを頼んだ交番の若い警察官だった。

【忘れ物をお届けにきました。羽角菜月】──現場に残してきたメモから、自分が江坂の部屋に入ったことが簡単に判明したが、そのとき一番驚いたのは、おそらく母親の啓子だったに違いない。

事情聴取はその日の晩に自宅で受けた。部下の娘に対する聴取ということで、杵坂署の刑事課長までが来宅した。

玄関から声をかけ続けて室内に入ったこと。リビングまで進み、灰色のメダカ三十匹が泳ぐ水槽を観察したこと。隣の寝室を覗き、江坂がてっきり眠っているものと勘違いしたこと……。

グランコート三〇四号室で行なったこと、目にしたことは、思い出せるかぎり、かなり細かい部分まで喋った。

犯人はまだ捕まっていないが、新聞の報道によれば、警察はある人物に目をつけたらしい。江坂の近所に住んでいる性犯罪の前歴がある四十代の男で、犯行当時のアリバイがはっきりしない人物だった。本人は「一人で家にいた」と言い張っているが、証人がいない。警察は彼に何度か任意で事情聴取を行なっているところだった。

だが、と菜月は思った。自分の考えでは、犯人は江坂と顔見知りではないかと思う。リビングにあったスツールが、テーブルからはみ出す形で置いてあったからだ。狭いスペースを有効に使いたいなら、来客がないとき、ああいうものはテーブルの下にしまっておくのが普通ではないのか。

おそらく、自分が訪問する直前まで、犯人はあのスツールに腰かけ、江坂と何かの話をしていたのではないかと思う。そして例えば口論になり、かっとなって犯行に及んだのではないだろうか。殺したあと、遺体をわざわざベッドに寝かせている点も、面識のある間柄だったことを裏付けているような気がする。

「沼井《ぬまい》……野々村《ののむら》……橋本《はしもと》……羽角」

名前を呼ばれて菜月は立ち上がり、窓際の席を離れ、教室の前方へと歩いていった。教卓についた朝比奈《あさひな》創《はじめ》の長い腕が、緑色をしたＡ４判のノートを差し出してくる。

江坂が殺されたのが九月十五日。翌日から一週間は学年主任が担任を務め、その後、非常勤講師の朝比奈がやって来た。担当は社会科。身長は百八十センチを超えている。

赴任初日の自己紹介によれば、学生時代はボート競技に熱中していたそうだ。その言葉が本当だろうことは、しっかりと筋肉のついていそうな広い背中を見ればよく分かる。

「羽角さん、きみはよくお母さんのことを日記に書くんだね。自分の日記ではなく、お母さんが自分でつけている日記みたいだ」

そのように朝比奈に言われ、菜月は、受け取った『わかばの記』を開くことなく、昨晩自分が書いた内容を思い出してみた。

【今晩、母が帰宅したのは午後十時過ぎでした。江坂先生の事件を捜査している母は、相変わらず聞き込みに忙しいらしく、かなり疲れた顔をしていました……】

なるほど、自分では気づかないでいたが、たしかに朝比奈の指摘どおりだ。捜査上の秘密が外部に漏れてしまうこともあるから、わたしのことはあまり書くな——そう母からは過去に何度か釘を刺されてはいた。だが、自分の身の回りでこれといった出来事が起きないと、ついつい目が啓子の方に行ってしまうのだ。

「すみません。次からちゃんと自分のことを書きます」

保護者についての書類を見れば、羽角啓子の職業欄にはただ「公務員」とだけしか記載されていないはずだ。とはいえ、杵坂署の刑事であることはもう職員室内では周知のことなのだから、当然、朝比奈の耳にも入っているだろう。

「いや、いいんだ。直す必要はないよ。それはそれで、ほかの人とは違う羽角さんだけの個性的なやり方だから、ぼくは尊重している」

　朝比奈は今日も黒いジャケットを着ていた。赴任以来、彼が黒以外の服を着ているのを見たことがない。シックな色がよく似合っているのは、恵まれた生活環境のなせる業《わざ》か。彼が通勤に使っている一見普通の右ハンドルの乗用車が、実は一千万円近くもする外車であることを教えてくれたのは、隣の席にいるやたらと乗り物に詳しい男子だった。

　午後三時半に、下校前のホームルームが終わり、クラスメイトたちは各自の鞄やスポーツバッグを持って教室から出て行った。

　朝比奈も教壇から降りようとしていた。彼がドアから廊下へ出る前に、菜月は「先生、すみません」と黒いジャケットの背中に声をかけた。

　朝比奈が振り返る。菜月は窓際に置かれた水槽を指さした。

「あの中から、メダカを三匹ぐらい、もらって帰ってもいいですか」

「羽角さんは生き物が好きなのかい」

　優雅な物腰で、朝比奈も窓際の水槽に顔を向けた。

「まあ、好きですけど、世話が面倒だから、あまり飼いたいとは思いません」

「だったらどうして？」

「母が欲しいと言っているんです」

　──江坂先生のメダカは、いま学校で飼われているんだよね。そこから何匹かもらってきて。

今朝、啓子の口から出たその依頼を聞いたとき、どうして熱帯魚か金魚にしないのだろうかと訝《いぶか》った。だが、いまなら母の考えも分からないでもない。被害者の所有物を手元に置き、常に目に入るようにしていれば、彼や彼女の無念の思いが我が身に沁み込んでくるはずだ。したがって、それだけ捜査のモチベーションも上がるというものだ。

「いいだろう。ぼくの権限で許可する」

朝比奈がそんなふうに答えたのは、メダカが「学級のもの」という建前になっているからだ。

菜月は、これも啓子から渡された小ぶりのフィッシュネットを使って、三匹をビニール袋に入れ、自宅へ持って帰った。

今朝物置から出した水槽には、すでに啓子の手で注水を済ませてあった。水は八分目ほどまで満たしてある。

学校から持ってきた白い三匹のメダカを水槽の中に入れた。

新しい環境にそれほど戸惑う様子も見せず、小さな淡水魚たちは、先ほどまでと同様、ちょこまかと泳ぎ始めた。

もう少しゆっくり観察していたいとは思ったが、いまは余裕がない。今日は宿題が多いし、今月も新聞部の活動でコラムを担当しなければならなかった。

菜月は二階にある自室に入り、机についた。

夕方から雨が降り始めた。

階下で物音がしたのは、午後八時ごろだった。母が帰ってきたようだ。普段よりは早い時刻だ。菜月は玄関口まで迎えに出た。

「学校はどうだった？」

「まあまあ」

「まあまあじゃ分かんないでしょ」

「ちゃんと勉強はしているよ」

「朝比奈先生とはうまくいってる？」

「いってるから心配しないで」

「今日は何色だった？　先生」

「相変わらずだよ。いつもと同じ」

別におかしくもないのだが、二人で軽く笑い合った。

このところ、朝比奈の服装は親子の間で、挨拶代わりに出てくる話のタネになっている。

――新しく来た先生は、月曜から金曜まで黒い服ばっかりだった。喪服のつもりなのかな。自分の前任者が亡くなったから。

朝比奈が赴任した週の土曜日に、そんなことを話したとき啓子が目を瞠《みは》っていたのは、朝比奈の拘《こだわ》りぶりに呆れたせいか、それとも律儀さに驚いたからか。

台所のテーブルの上に置いてある『わかばの記』を啓子は手にした。ぱらぱらと捲《めく》る。

「日記はさぼっちゃ駄目だからね。将来、新聞記者になりたいんでしょ。たくさん文章を書いておかないと、入社試験で落とされるよ」

「分かってる」

――お母さんの日記みたいだ。

朝比奈から言われたことを啓子に伝えようかと思ったが、結局は黙っておくことにした。

江坂の事件があった直後、一年三組の生徒たちが持つ『わかばの記』は捜査資料になった。江坂が遺《のこ》したコメントに、事件解決に結びつく手掛かりが含まれていないかと警察が考えたからだ。

捜査に協力してもいいという生徒は、日記を警察に数日間貸した。もちろん自分もそうした。だが江坂は日記には「その調子」とか「もう少し努力を」など短い言葉でしかコメントしていなかった。だから捜査資料としては、ほとんど役に立たなかったのではないかと思う。

「それから、今朝頼まれたとおり、メダカはもらってきたよ」

二人で和室へ行った。

床の間にある水槽を覗き込み、菜月は、

「え、嘘——」

思わず声を出していた。水槽へ入れた当初は普通に泳ぎ回っていた三匹のメダカだが、そのうち一匹はいま、底の方で横になったまま、ぴくりとも動かなくなっていた。

4

【十月十六日（火）雨
水槽の底の方で横になったメダカはぴくりとも動きませんでした。死んでいるようでした。

「ごめんなさい……」

メダカに対してか、母に向かってなのか、自分でもよく分からないまま、わたしは謝っていました。何か悪い餌を与えてしまったのか、それとも学校から持ち帰るときに、知らないうちに乱暴に扱ってしまったせいだろうか。理由はもっと分かりませんでした。

「菜月、いいのよ。あんたのせいじゃない。母さんが悪いの。今朝はうっかりして、『水合わせ』についてあんたに教えるのを忘れていたんだから」

「水合わせ？」

「そう。新しい水に慣れさせること。――あとでやり方を教えてあげる」と母は言い、死んでしまったメダカに手を合わせました】

○生き物を飼うのは難しい。つらいだろうけれど、これを貴重な経験として命を大事にしていこう。

【十月十七日（水）　小雨のち曇り

今日も、学校で授業を受けている間ずっと、一昨日の晩に死なせてしまったメダカのことが頭から離れませんでした。メダカは、新しい水のショックで命を落としたのです。

わたしは、いつか母が教えてくれた話を思い出しました。なかなか自分の罪を認めようとしない強情な犯人を取り調べる場合、「落とす」ための有力な証拠（これを「突きネタ」と俗に言う場合もあるそうです）は、そう簡単には出さないで取っておくのだといいます。つまり、最初はわざとその被疑者にとって有利になるようなことばかり話題に出し、安心させきったところで初めて、突きネタを出す。その衝撃で、犯人は一気に落ちる場合が多いそうです。

死んだメダカを犯人と一緒にしてはあまりに気の毒ですから、わたしは黙っていることにしましたが、時間が経てば、この話を、いつか母に笑いながら打ち明けることがで

きるかもしれません】

○犯罪と闘うお母さんは忙しいはず。少しでもお手伝いを。

【十月十八日（木） 薄曇り

今晩の母は鼻息がどことなく荒かったように思います。「職務上知りえた秘密」というものは他に漏らしてはいけないことになっていますから、母は何も教えてくれません。ですからこれはわたしの勝手な想像ですが、たぶん江坂先生の事件が解決に向かっているのではないかと思います。重要参考人として事情を聴かれていた四十代の男が、そろそろ自白しそうなのかもしれません。

母が魚を飼い始めたことも、その証拠です。何か趣味を始めるというのは、事件解決の目処がついて、気持ちの上でほっとした、ということの表れなのです。

そんな母が突然、「そういえば、家庭訪問って、うちだけまだだったね」と言い出しました。「朝比奈先生に来ていただけるかしら。土曜日なら時間が取れそうなんだけれど」と。明日登校したら、大丈夫かどうか朝比奈先生に訊ねてみようと思います】

○昼間も言いましたが、それでは、十月二十日土曜日の午後四時ごろにお邪魔します。お母さんによろしく。だけど、刑事さんの前とは、先生も緊張してしまいそうです（笑）。

【十月十九日（金）　晴れ・強風

今日も母の帰りは遅く、疲れているようでしたが、食事の支度をしながら、自分で自分の肩を拳《こぶし》でトントンと叩いていました。一軒家に一緒に住んでいるから分かるのですが、この仕草は「ああ、やっとここまできた。我ながらよくやったな」という意味なのです。つまり、ちょっと一安心しながら自分を労《ねぎら》っているのです。母の肩トントンが出るのは、いつも容疑者が自白するときなのです。

わたしは江坂先生が亡くなった直後、偶然現場を訪れました。もう少し早く忘れ物を届けていたら、わたしの姿を見て、犯人は犯行に及ばなかったかもしれません。

そう思ってずっと悩んでいましたが、母はわたし以上に苦しんでいたと思います。でも、間もなく事件が解決しそうで、母もようやく責任を果たした気持ちになっているようです】

○お母さんと刑事さんたちの働きには敬服します。羽角さんも手が空いていたら、お母さんの肩を優しく叩いてあげてください。

5

朝比奈は、約束どおり午後四時ちょうどにやって来た。

和室に足を踏み入れた彼は、まず床の間に目をやり、しゃがみ込んだ。

「よ、久しぶり」

水槽のガラスを、つんと指先でつつく。二匹の白いメダカに向かってそんな軽い挨拶を済ませたあと、座布団の上に正座した。

「この部屋で飼っているんですか」

「ええ。事件現場にいたメダカなので、目撃者でもあるわけです。ですから、わたしは毎日、何か喋ってくれよ、って彼らに向かって祈っています」

「……そうなんですね」

深く頷いた朝比奈が、表情の端にやや困惑の色を覗かせたのは、啓子の言葉が冗談なのか本気なのか量りかねたせいか。そんな担任教師は、今日も黒いジャケットに身を包んでいた。中に着ているセーターも同じ色だ。

「娘からは、先生はいつも黒い服をお召しになっていると聞いています」

啓子の言葉に、唇の間から白い歯を覗かせ爽やかな微笑で応える朝比奈。彼の方を向きながら、菜月は卓袱台《ちゃぶだい》の下でそっとICレコーダーのスイッチを入れた。

「実は、わたしと娘で、ときどきそれを話題にしているんです。お召しものの拘《こだわ》りには何か理由があるんですか」

「はい。その昔、イギリスの小説家が『黒が似合うためには、人間は気品がなければならない』と書いたんです。それを読んで考えました。だったら無理をしてでも黒を着続けていれば、気品のある人間になれるんじゃないかって」

朝比奈のすぐ背後、床の間に置いた水槽ではメダカが大きな目で水面の餌をじっと見つめている。

菜月は座り直した。早くも足が痺れてきている。この面談の場所を和室に設定した母が恨めしい。リビングでソファに座りながらでもいいだろうに。

「菜月さんは将来、新聞記者になりたいそうですね」

「そんなことを言っています。マスコミは志望者がみんな優秀で競争率も高いですから、望みどおりにいくかどうかは多分に怪しいと思いますが」

卓袱台の位置がおかしいと感じた。朝比奈は窮屈そうに身じろぎを繰り返している。卓袱台の位置が床の間にかなり近い。水槽と卓袱台の間は六、七十センチあるかないかだ。大柄な朝比奈が座るには、このスペースはだいぶ狭い。

反対に、自分たち母娘が座っている側は、壁までが一メートルぐらいある。

朝比奈の側をもっと空けてやるため、菜月は卓袱台の脚をつかんで、そっと手前に引っ張ろうとした。すると啓子の手が脇からさりげなく伸びてきて、正座の太腿《ふともも》を軽く叩かれた。余計なことをするなと言っているらしい。

「いいえ。きっと望みどおりになりますよ。菜月さんの日記を読んでいればよく分かります。ほとんどの生徒は、『わかばの記』に、こんな感じの文章しか書いてきません――今日は何をして何をした。何が起きてどうなった。楽しかった。悔しかった。くたびれた……。つまり、一日の表面だけをざっとなぞっているにすぎないんです」

朝比奈は、ほとんど音を立てずに茶を啜った。

「まあ、まだ中学一年生ですから、その程度で当たり前と言えば当たり前なんですが。でも菜月さんの文章には、日常の小さな出来事への着眼と、深い観察があります。そしてお母さんへの愛情も感じられる。そこがほかの生徒と違って素晴らしいところです」

赤面してしまうほど朝比奈はこっちを持ち上げてくれたが、足の痺れがひどく、嬉しさも恥ずかしさも、はっきりと感じている余裕がない。

午後四時ちょうどに始まった朝比奈の家庭訪問も、そろそろ終わりに近づいてきたころ、啓子が横目でこちらを向いた。

「菜月、お茶淹れてきて」

「いいえ、もう結構です」朝比奈は座布団からわずかに膝を後退させた。「そろそろお暇《いとま》しますから」

「そう遠慮なさらずに」

「では、あと一杯だけ」

菜月は自分が使っていた座布団をそっと捲り上げた。ＩＣレコーダーを隠しておくためだ。啓子に見つからないよう、彼女がいる方とは反対の側に、それを忍ばせる。そうしてから、痺れる足を庇《かば》いつつ立ち上がり、スリッパを履いて壁に手をつきながら台所へ向かった。

流しの横で急須に湯を入れていると、ようやく足に通常の感覚がよみがえってきた。お盆を持って和室の入口まで戻ってきたときだった。

室内に入ろうとして、菜月はいったん足を止めた。畳、壁、天井、窓の障子戸、卓袱台、座布団をざっと見回した。自分がここを出たときと、戻ってきたいまとでは、場の雰囲気が一変しているように感じたからだった。どこに違和感を覚えたのか。それがやっと分かったのは、もう一度室内の方々に目を走らせてみてからだった。

朝比奈だ。

顔面が蒼白になっていた。血の気を失った頬に鳥肌が立ち、ぶつぶつと粟立っているのが、少し離れたこの位置からでも見えるような気がした。

「あ、菜月。悪いけど、お茶はもういらないから」

啓子が座布団から立ち上がった。

「ごめんね、せっかく淹れてもらったのに。――先生はもうお帰りだから、送っていくことにする」

朝比奈が青ざめた顔のまま、人形のようなぎくしゃくした動きで立ち上がった。魂を失ったかのように茫然自失の体《てい》で、無言のまま和室から出ていく。

送っていく、と啓子は言った。だがどこへ。男性が女性を送っていくなら分かるが、その反対というのはちょっとおかしい。

朝比奈がいる手前、「どこに行くのよ」とはっきり訊ねるのも憚《はばか》られ、菜月は黙って二人を送り出した。

もしかして母は、わたし抜きで朝比奈から、娘のことをあれこれ聞き出すつもりでいるのだろうか。

煮え切らない気分を抱えて和室に戻り、お茶菓子の片付けを始めたが、そうだ、録音していたんだっけと思い出し、すぐにその手を止めた。

さっきまで自分が座っていた座布団に向かって屈《かが》み込み、その一端を捲り上げ、隠していたICレコーダーを取り出す。ボタンを押して録音をストップし、五分ばかり巻き戻した位置から再生し始めた。

《ところで朝比奈先生、お気づきですか》

自分が茶を淹れるために席を外したあとの、それが啓子の第一声だった。
《ええと、何にでしょうか》
《先生の後ろに置いてあるものに、です》
衣擦《きぬず》れの音。朝比奈が体を捻《ひね》って後ろを向いたようだ。
《この水槽のことでしょうか。これが何か？》
《よくご覧ください》
しばらく無音。
やがて、すっ、と微《かす》かな音がした。おそらく、朝比奈が何かに気づき、衝撃を受けて息を呑んだのだろう。座布団の下に隠してあるレコーダーで拾えたぐらいだから、かなり大きな音だ。つまり、それだけ彼の受けたショックは大きかったということだ。
続いて、また衣擦れの音。朝比奈が捻っていた体を元に戻したようだ。
《どうして殺したの。動機は？》と啓子。
しばらく無言の間《ま》。やがて、
《よくある……話だったんです》朝比奈の声には震えが混じっていた。
《聞かせてもらえる？》
《……江坂さんとは、何年か前に教育委員会の会合で知り合いました。それ以来、決して他人に悟られないよう細心の注意を払いながら、密《ひそ》かに交際をしていました。こっちは遊びのつもりでしたが、向こうは本気で、やがて「妻と別れろ」と迫ってきました。「そうしなければ、あんたの家族に全てをぶちまける」と。わたしはカッとなり、気づいたら……ネクタイを手にしていました》

そしてスリッパの足音。これは自分のものだろう。

《あ、菜月。悪いけど、お茶はもういらな――》

停止ボタンを押し、すでに生《なま》で聞いた啓子の声を途中で切ってから、菜月は床の間の前まで進んだ。

江坂殺しの犯人が朝比奈だと分かっても、不思議なぐらい落ち着いていられた。「家庭訪問に来てもらおう」と啓子が言い出したときから、心のどこかで、これは何か裏があるなと勘繰っていたせいかもしれない。殺人事件を抱えている最中に、わざわざ家庭の用事を入れようとするなど、いままで一度もなかったことだ。

やはり裏はあった。今日この家で行なわれたことは家庭訪問ではなく、啓子による重要参考人への事情聴取だった。

この数日間、啓子が、江坂殺しの解決が間近であるかのように、これ見よがしに振る舞ったのは、娘がその様子を日記に書くことを期待してのことだったのではないか。そうして捜査の矛先が見当違いの重要参考人に向いていることを十分に印象付け、油断させたうえで、朝比奈を家庭訪問の名目で家に呼んだ。

そして「突きネタ」——この水槽を見せ、落としたのだ。

送っていく、というのは、どうやら杵坂署へ「連行する」という意味だったようだ。

菜月は水槽の前にしゃがんだ。ガラスに顔を近づけても、二匹のメダカはどこ吹く風という調子で水中をゆっくり漂っている。

どうしても分からないのは、朝比奈は何を見てあんなに顔色を変えたのか、という点だ。

彼はこの水槽を見て落ちた。わずか三十センチ立方の水とメダカの入った容器。これのどこに突きネタとしての威力が秘められているのだろう。

分からないと言えばもう一点ある。そもそも、どうして啓子は、朝比奈が犯人だと推理することができたのか……。

やがて菜月は、自分の口から漏れた「あ」という声を聞いた。水槽の中で起きていた、ある異変に気づいたからだ。

そうか、これだったのか。

啓子がどういう経緯で朝比奈に目をつけたのかが、やっと理解できた。と同時に、喉につかえた魚の小骨が取れたような気分も味わうことができた。もやもやと気になっていた小さな疑問が解けたのだ。

水槽を設置した場所が、そして今日、朝比奈を招き入れた場所が、リビングではなく和室である理由は「椅子」だ。リビングではどうしてもソファのように背凭れのある椅子に座ることになる。だが、背凭れがあっては、メダカの側から朝比奈の姿を見ることができない。

そう、啓子は、どうしてもメダカに朝比奈を見てもらう必要があった。

朝比奈と水槽の距離を、敢えて狭くしておいたのも同じ理由だ。メダカに彼をただ見てもらうのではなく、間近にアップで目にしてもらうためだった――。

6

「じゃあみんな、車に気をつけて帰れよ。それから、学校の周りにいるカメラを持った連中には、いっさい関わり合わないように。いいな」

朝比奈はもう出勤できなくなったため、一年三組の担任は、次の教諭が決まるまでのあいだ、また学年主任が務めることになった。

マスコミが押しかけているせいだろうか、主任は忙しいらしく、夕方のホームルームを終えると、菜月が話しかける間もなく教室から出て行った。

メダカをもう一匹もらっていきたいのだが、こうなっては誰に許可を取ったらいいか分からない。メダカの世話をするのは日直の仕事だ。今日の日直は自分だから、自分に断ればいいだろうと思うことにした。

持参したビニール袋に一匹だけ入れた。

校門付近にはテレビ局や新聞社のレポーター、記者、カメラマンが数十人固まって立っていた。

「ここが逮捕された教師が勤務していた市立中学校です」

テレビ局の女性レポーターが、「市立」を「いちりつ」と発音したので、ディレクターらしき人物から、そこは「しりつ」でいいんだと注意を受けている。

そのすぐ横を通っても記者が話しかけてこなかったところを見ると、生徒にはマイクを向けないこと、という取り決めが学校側とマスコミ側の間で成立しているのだろう。

家では啓子が待っていた。今日は休みなのだ。真犯人逮捕の手柄を立てて、堂々と年休を申請できた、ということかもしれない。

自室に入ると、菜月はクローゼットを開けた。目当ての色をしたカーディガンを探し出してから、学校の制服を脱いで着替え、階下へ降りていった。

「もらってきた?」

訊ねてきた母に、このとおり、とビニール袋に入った小さな淡水魚を掲げてみせた。

「じゃあ、『水合わせ』のやり方を教えてあげる。——新しい水には、すぐに魚を入れちゃ駄目なの」

水槽はすでに、和室からリビングに移動させてあった。

啓子に言われるまま、菜月は、メダカが入ったビニール袋の口をいったん輪ゴムで縛った。そして、その水風船のような状態にしたものを、そっと水槽に浮かべた。

袋の内と外で水温が同じくらいになるまで、三十分ほどそうしてから、輪ゴムを外した。

そこにコップを使って水槽の水を少し入れ、また口を縛る。そして五分ほど経ったら、ふたたび口を開け、水槽の水をちょっとだけ入れ、もう一度縛る。その作業を十回ばかり辛抱強く繰り返した。

そうしてビニール袋の水が元の倍ほどの量になったところで、袋内の水ごと、一匹のメダカを水槽の中に入れた。

しばらく見続けていたが、その間、新参者のメダカは、この場所では先輩格の二匹に臆することなく、そしてまったく弱ることなく、元気に泳ぎ続けていた。

「分かった？　これが水合わせ」

母に向かって頷いたあと、菜月は、リビングの窓から庭を見やった。一部分の土が小さくこんもりと盛り上がっている。墓だ。あそこに、水合わせを怠ったために死なせてしまったメダカが眠っている。

墓に、江坂の顔が重なった。

そういえば、結婚式のときにも「水合わせ」という儀式をする場合があるらしい。新郎と新婦、互いの実家から持ち寄った水を同じ杯《さかずき》に注ぎ合わせ、それを一緒に飲むのだそうだ。

裕福な既婚者の朝比奈と、貧しかった独身の江坂。二人の水は、どこまでいっても、決して混じり合うことはなかったのだろうか……。

菜月は水槽に手を入れた。

ぐるぐるとかき回しているうちに、大きな渦ができ始めた。

小学生のころ、夏休みになると、学校の二十五メートルプールによく通った。使用時間の終わりには、監視役の教師が先導し、みんなで一斉にプールの内縁《うちべり》にそって何周も歩いたものだ。そうして誕生した巨大な渦巻きに身をまかせ、仰向けになって夏の空を見上げているのがとても気持ちよかった。

そんな記憶を懐かしく思い出しているうちに、いままでばらばらに泳ぎ回っていたメダカたちが、一斉に同じ方向を向き始めた。

水の流れに逆らって泳ぐ――これがメダカの習性だ。

「母さんみたいだね」

啓子は、早い段階から朝比奈が犯人に違いないという確信を持っていた。だが、捜査本部は別の容疑者――性犯罪歴のある四十男をマークしている。自分は一介の巡査部長。

組織の方針には絶対服従しなければならない立場だ。勝手に朝比奈の捜査をするわけにはいかない。そこで、家庭訪問を装った事情聴取という奇手に打って出た。

もう一度、菜月は庭の墓に目をやった。

突然のショックを受けて落命したあのメダカの姿が、今度は朝比奈に重なった。

彼が怪しいと啓子が睨むことができたのは、おそらく、江坂が殺された晩の事情聴取の際、娘の証言を耳にしてのことだろうと思う。

そのとき啓子は気づいたのだ。娘の言い分と自分が目にしたものが、微妙に食い違っていることに。

それは江坂が自室で飼っている三十匹のメダカに関することだった。

いつか江坂が言っていた絵具の番号で表現するなら、メダカの色を娘は「3番」だと証言した。だが、啓子が現場で目にしたメダカは「1番」だった。

どうしてこんな食い違いが生まれたのか。考えられる答えが一つだけある。

娘が江坂の部屋へ入る前に、メダカたちが「2番」の色を目にしていたからだ。

つまり、水槽の前に2番の色が居座っていたため、メダカはその影響を受けた。元々1番だったメダカに、その2番が合わさって3番になった。娘が見たのはその状態のメダカだ。

その後、2番が立ち去ったため、メダカの体色は1番に戻った。啓子が見たのはその状態だった。

こうなると、犯人として怪しいのは2番の色という特徴を持つ人物だ。

だから啓子は朝比奈に目をつけたのだ。

黒いカーディガン姿の菜月は、水槽から手を抜いた。

それでも慣性の法則で渦はまだ消えない。

水槽のガラス越しにアップで黒を目にしたせいで、白から灰へと色を変えた三匹のメダカは、流れに逆らい一生懸命尾びれを動かし続けている。

緋色の残響

1

目の前で、ポニーテールの髪が左右に揺れている。

秋の西日を受けて艶を放つその髪の持ち主、菜月《なつき》は、いま軽くハミングしている。

それを聞いて、羽角啓子《はずみけいこ》は思い出した。この子には、四歳から五歳にかけてピアノを習わせていたんだっけ……。

知能の発達にいいからと、亡き夫が発案したことだった。そのせいで菜月の音感は優れている。

担任教師との三者面談を終えた帰り道だった。嫌な緊張から解放され、こっちも鼻歌の一つでも歌いたい気分になっている。

「ちょっと早いけど、どこかで晩ご飯を食べていこうか」

そう娘の背中に声をかけると、

「賛成」

答えるなり、菜月は通学リュックを背中から下ろした。足の動きは止めることなく、中からメモ帳を取り出す。

「ね、何か面白い話を教えて」

菜月は、リュックを背負い直しつつ、メモ帳に引っ掛けてあったシャープペンシルを握った。

部員が交代で書く学校新聞のコラム。そのネタにまた困っているらしい。

以前は「新聞記者ごっこ」というのをよく母娘二人でやっていた。警察回りの記者のふりをしてネタ取りをしようとしてくる菜月に、こちらも刑事課長になったつもりで相手をしてやったものだ。

そんな他愛のない遊びも、いつの間にか途絶えて久しくなっていた。早いもので菜月はもう中学二年生だ。

「じゃあ、そこで何か買ってあげるから」ちょうど書店の前を通ったところだった。啓子は店の入口を指さした。「本か雑誌からでもアイデアを探せば?」

「活字じゃ駄目だよ。あれからのイタダキだろ、ってバレちゃうかもしれないから」

二十一世紀も近くなってきたいま、インターネットというものが急速に普及し、誰もがいろんな情報を簡単に入手できるようになってきた。ついでに、どんな事件の真相もパソコン一台で判明するようになってくれれば、毎日の仕事もだいぶ楽になるはずなのだが。

「誰もが手に入れられるソースじゃ駄目なの。自分だけがそっと当事者から教えてもらった話じゃないと。第一次情報でないとね」

娘がこういう生意気な口を利くのは、いまに始まったことではない。

「だけどね、そんなことを言われても、こっちだってネタ切れなのよ」

中学生のための防犯アイデア——そんな類《たぐい》の情報を提供してきた回数は、もう両手の指では数えきれない。

「母さん。来月、立志式《りっし》があるのは、ちゃんと覚えていますか」

菜月は、いきなり話題と、そして口調を変えてきた。

「……ええ。約束どおり、そっちにも出てあげるよ」

もし事件が何も起きなければ、という条件つきだが。

もう三十年ほども前になるが、自分も同じけやき中学校で立志式なるものを経験した。しかし、保護者までが参加したという覚えはない。

「その式典で、二年生の代表として、将来へ向けた決意を発表するのは誰でしょうか」

「あんたなんでしょ。前にも聞いたわよ」

だからこそ、わざわざ年休を申請して出席することにしたのだ。

「わたしは二年生全員に向かって表明する予定です。将来は新聞記者になって真実を暴くために邁進《まいしん》します、と」

「真実、ね。ちょっと大袈裟《おおげさ》すぎない？」

「もし十年後にちゃんとした記者になれていなかったら、わたしは大恥をかいてしまいます。ビッグマウスと言われてずっと笑い者になります。ですから、いまのうちにスクープ癖をつけておきたいのです。娘の不始末は親の不始末です。それでもいいのでしょうか？」

また妙な理屈をつけてくる。

「分かったから、そのおかしな口調はやめて。気持ち悪いって」

「催涙《さいるい》スプレーの作り方とか、そういうのはもういいの。もっと大きな事件の話を教えてよ」

「だって学校新聞でしょ。殺人の話なんて載せられる？　あんたたちには刺激が強すぎるんじゃないの？」

「昔とは違うんだって。最近の中学生は、ちょっとやそっとのことじゃ驚かないから、刺激や毒はあればあるほどいいの」

――菜月さんは非常に強い好奇心を持っています。これは長所です。お母さんは怯《ひる》むことなく、それをどんどん伸ばしてあげてください。

先ほどの三者面談で担任教師から受けた言葉が思い出された。たしかに、本人の興味を尊重してやるのは大事だろう。それに、いずれ社会に出れば、どうしたって毒に当たる。ならばいまのうちからそれに慣らしてやることには多少なりとも意味があるはずだ。

「ある男Aがね」啓子は言った。「男Bを殺した事件があったの」

「ほほう」

唇を尖らせてメモ帳にシャープペンシルのペン先を走らせる菜月が、ともすればいっぱしの記者に見えるのは、親の欲目というやつか。

「AはBを殺す前にあることをした。何だと思う？」

見当もつかない、という様子で菜月は首を振る。

「Bに渾名《あだな》をつけたの。渾名はゲコ。ようゲコ、どうしたゲコ、こんにちはゲコ、さよならゲコ……。Aはことあるごとに、心の中でずっとBをゲコと呼び習わしていた」

「何のためなんだろ」

菜月の言葉は独り言《ご》ちる口調だった。答えを自分で考えたいようだ。

だから啓子はしばらく黙ることにした。

学校から自宅まで約一・五キロ。その、ちょうど中間地点にあたるこのあたりを歩いたのは久しぶりだった。

右手には少しだけ古びたビルが数棟並んで立っている。ここから一番近い一棟の二階部分に、まだ「ブ《B》ルー・ミ《M》ュージック・ス《S》クール」の看板は出ていた。菜月をかつて通わせていた音楽教室は、いまもしっかりと存続しているようだ。看板に錆《さび》も汚れもないところを見ると、生徒数もそれなりにいるのだろう。

そろそろ夕暮れどきだった。菜月の背中で、通学リュックに取り付けられた反射板が、もう明るく見えはじめていた。

「分かんない。降参。どうしてAはBに渾名をつけたの。ゲコなんて蛙《かえる》みたい」

「正解」

「え？」

「Bを蛙だと思い込もうとしたのよ、つまり、人間以外のものだとね。殺人事件では、こういう事例がたまにある。誰かを殺そうと思ったとき、相手が自分に似ていればいるほど、自分と相手が同一化してしまって、殺すのは難しくなる。分かるでしょ、この理屈」

「うん」

「同じ理屈はね、正反対の方向にも働くわけ。自分と違う相手は、ずっと殺しやすくなるのよ。加害者が人間だったら、被害者は人間よりも蛙の方がずっと殺《あや》めやすい」

この話は、菜月の好奇心をかなり刺激したようだ。メモ帳に書き留めている様子は、必死と表現してもいいぐらいだ。

書き終えた菜月は黙り込んだ。このネタで一編のコラムが書けるかどうか考えているようだ。

「まだ終わりじゃないよ。ちょっと続きがある」

舌が調子づいてしまったらしく、いつの間にか、自分の方が喋りたがっていた。それともこれは、もっと情報を提供してやりたいという親馬鹿的な心理状態のなせる業《わざ》か。いずれにしても、おかしなものだ。

「Aは計画通りBを殺した。犯行の際に物的証拠を何も残さなかったから、警察は自分を逮捕できないはずだった。だから徹底的に否認するつもりでいた。だけど、容疑者として刑事に事情を聴取されているうちに罪を認めてしまったの」

「どうして」

「その警察署は田舎の方にあって、すぐ近くが田圃《たんぼ》だった。季節はちょうど、いまみたいに秋。取り調べの間、窓の外で蛙が鳴き始めた。ゲコ、ゲコ、ゲコってね」

「……そっか。つまり、殺した相手の名前が急に聞こえてきて、怖くなったってことね」

「ええ。これはあの世から届く恨みの声に違いない。Aには、そんなふうに思えてならなかったのよ。風情《ふぜい》のある蛙の鳴き声も、疚《やま》しいところのある人には、死者の怨念にしか聞こえないわけ。神様って、やっぱりいるんだね。結局のところ、真実というものは必ず暴かれるものな――」

途中で言葉を切ったのは、向こう側から歩いてくる女と目が合ったからだった。

2

青い服を着たその女の顔には、たしかに見覚えがあった。

相手の女の方も、歩きながら脳内にある顔の記憶を素早くサーチするような表情をしていた。

向こうがこちらを思い出すのと、啓子が相手を思い出すのは、ほぼ同時だったようだ。

「羽角さん？」

「青埜《あおの》先生？」

二つの声は、ぴったりと重なる形で、互いの口から発せられた。

黒い髪は加齢のせいか、やや白茶けて見えた。目尻の小皺も隠せていない。だが、高い鼻の美しさは健在だった。

青埜静奈《しずな》はコンビニの袋を手にしていた。いかにもピアニストらしい細く長い指が持ったその袋には、何種類かの菓子が入っているようだ。

「ご無沙汰しております、先生。お元気そうでなによりです」

「こちらこそお久しぶりです。今日は授業参観でもあったんですか」

そう言ったあと、青埜静奈の視線が斜め下に動いた。

「菜月ちゃん、だよね？」

「……そうですけど」

菜月はまだきょとんとしている。

「ほら」啓子は脇から口を挟んだ。「青埜先生よ。小さいころのあんたにピアノを教えてくださった、あのシズ先生」

菜月の口がようやく、ああ、という形になった。

「シズ先生っ、ごめんなさい。あんまり会ってなかったから、すっかり忘れちゃってて」

「こっちこそ、ずっと挨拶もしないで申し訳なかったね。――菜月ちゃんて、けやき中だっけ」

「そうです」

「じゃあ宍戸《ししど》さんと知り合いなんじゃない？」

「チューミちゃんですよね。もちろん知ってます。二年生では一番の有名人ですし」

チューミ？　女の子だろうが、おかしな名前だ。顔が鼠《ねずみ》に似ているからついた渾名だろうか。

「彼女はね、ここの生徒だよ。もう来ているはず。いま練習中だけど、もし時間があるなら会っていったらどうかな」

静奈は「BMS」の看板を指さした。

「久しぶりに寄ってみたい」

菜月は、幼児のようにこちらの袖を引っ張ってきた。

「でも、お邪魔じゃありませんか」

「とんでもないです。羽角さん、これからのご予定は？」

「この近くで、早めの夕食でもとってから帰ろうと思っていました」

「夕食ですか。だったら、そこのお店はどうかしら」

静奈は隣のビルの一階を指さした。『トラットリア・ブラーヴォ』――イタリア料理店であることを示す看板がそこに出ている。

「でもその前に、うちの教室でちょっとお茶するぐらい、かまいませんよね」

言うなり、静奈は菜月の肩を横から押すようにして、ビルの入口へと向かってずんずん歩き始めた。こうなっては黙ってあとをついていくしかない。

ビルの階段を上りながら、啓子は背後から菜月に囁いた。「チューミって誰？」

「我が校の誇る天才少女」

菜月は持っていたメモ帳に何か書き、そのページを破ってこちらに渡してよこした。

「宙未」と書いてあった。読み方はおそらく「そらみ」なのだろうが、たしかにぱっと頭に浮かぶ呼称は「チューミ」だ。

ビル二階の教室に入った。

内装は記憶にあるものから、ちょっと変わっていた。

教室のイメージカラーは、静奈の名字に由来する青だ。室内に置いてあるものの多くがその色で統一されている。夏はいいが、肌寒くなり始めたこの季節、もう少し暖色のインテリアを増やしてもいいような気がした。

内部には狭い受付カウンターがあり、すぐ隣がレッスン室になっている。その作りは変わっていなかった。

壁には防音対策が施されているに違いないが、それでも向こう側からピアノの調べが漏れ聞こえてくる。

流れるような旋律だ。素人《しろうと》の耳にも、弾き手の才能が並々ならぬものだと分かった。

静奈がレッスン室の重そうなドアを開けた。

直後、圧倒的な音の洪水が耳に流れ込んできて、啓子は思わず立ち竦《すく》んだ。

その音色は、力強さと軽妙さの対比が実に鮮やかだった。この世とは違う、どこか異境の世界で奏でられている音のようにも感じられた。情感がたっぷりと込められた調べに、知らず視界が涙で薄く滲《にじ》んでいた。

「ショパンの幻想即興曲ね」

曲名をそっと静奈が囁くと、旋律がぴたりと止まった。

グランドピアノの前にいた小柄な女の子がこちらを見ている。光をよく反射する青いドレスを着ていた。チューミと渾名をつけられているらしいその子は、鼠というよりは栗鼠《りす》に似た、可愛らしい感じの小柄な少女だった。

「あれっ、菜月ちゃん？」

「チューミちゃん、やっぱり凄いね。こんなに近くで聴いたから、よけいに感動しちゃったよ」

菜月は拍手をしながらピアノの方へ駆け寄っていった。

宙未は椅子から立ち上がり、いったんこちらに会釈したあと、改めて菜月に向き直った。「今日はどうしたの？」

「実はね、わたしも昔、シズ先生に教わったことがあるんだ。四つか五つのとき」

「へえ。わたしは小二のときからここ」

静奈が紅茶を持ってきた。レッスン室の隅に置かれたテーブルを挟んで、啓子は彼女と一緒に座った。

「もし寒いようでしたら、膝掛けにお使いください」

静奈が青いブランケットを手に掲げてみせる。

「そらみさん、っていうんですよね、あの子」

ブランケットを受け取りながら小声で訊《たず》ねると、「ええ」と静奈は頷いた。

「素晴らしい才能ですね」

「でしょう。この教室のホープです」

宙未の方へ細めた目を向けたまま、静奈はコンビニの袋を引き寄せた。中から菓子の包みをいくつか取り出す。

「あ、これですか？」こちらの視線に気づき、静奈は顔の向きを戻した。「練習の合間に摘《つ》まむおやつですよ」

そう言いながら、彼女は袋の裏に書かれた成分表示に厳しい視線をやった。一つ一つじっくりと印刷されている文字を確認している。

「もしかして、食物アレルギーをお持ちなんですか」

「ええ。わたしじゃなくて、宙未ちゃんの方ですけどね。ピーナッツが駄目なんです。買うときにも確かめてきたんですが、念のためもう一度」

どうやら問題はないようだった。「よし」と呟き、静奈は袋をレッスン室のキャビネットの中にしまった。

宙未は宙未で、菜月と談笑しながら、ピアノの椅子に座ったまま休憩を取っている。

「コンクールが近いんですね」

練習だというのに、あのようにわざわざ立派なドレスを着ているのは、できるだけ本番に近い格好で、ということだろう。

「おっしゃるとおりです。やっぱり刑事さんの推理力は違いますね」

このとき、静奈の目に欲のようなものが走った。宙未ならコンクールで優勝を狙える。結果、教室の名前が知れ渡ることになる。そういう計算でもしているようだ。

もう一つ、憎しみのようなものも、彼女の眼光には混じっているような気がした。嫉妬。そんな言葉が脳裏を掠《かす》める。

何はともあれ、私利私欲の算盤《そろばん》をはじいたからといって非難する気にはなれない。彼女は芸術家である一方で、経営者でもあるのだから、それは当然だろう。

聞けば、今日はほかの生徒は全員休ませ、宙未一人に集中的にレッスンを施す予定になっているとのことだった。

「菜月も、もうちょっと根気があればよかったんですけど」

ピアノのレッスンを辞めたのは、菜月がもう嫌だとぐずったからだった。

だが、内心ではほっとしたものだ。静奈の指導は熱が入り過ぎて、ときどき見ていて怖くなることがあったからだ。当時から静奈は、自分のレッスン法に絶対の自信を持っていたらしい。それゆえ、妙にプライドが高いところがあった。

「菜月ちゃんには才能がありましたよ。お世辞ではなく」

「おかげさまで、絶対音感っていうんですか、ああいう能力はついたみたいです」

「よかった」

小さな笑みを漏らし、静奈はスプーンでティーカップの縁を軽く叩いた。キン、と鳴ったその音に耳を澄ませたあと、彼女はすぐに「シー」と言ってみせた。いま鳴った音はドレミの音階でいうと「シ」に当たるということだろう。

「絶対音感というのは、こうやって簡単に話のタネになりますから、幼少時に音楽をやっておくのは決して損ではありません」

「本当にそう思います。警察といえば夜も仕事をしているイメージがあるかもしれませんが、実は飲み会もけっこう多いので、芸は一つでも多く身に着けておいた方がいいんですよ。ああ、わたしもピアノを習っておけばよかったな」

二人で笑い合った。話が思いのほか弾み、帰り際に、今度、菜月と一緒に三人で食事でも、という話をどちらからともなく切り出した。

「じゃあ、十月一日の夕方あたりは、どうでしょう？」

携帯電話の番号を交換しながら、静奈の方からそう提案してくる。

二週間後か。啓子は手帳を見た。もし大きな事件が起きなければ、その日は非番だから大丈夫だった。

3

菜月が注文したアマトリチャーナが運ばれてくるまで、少々時間がかかった。静奈に紹介されたこの『ブラーヴォ』は人気店らしく、広めの店内は九割超えといった混雑具合だ。

コンクール前にこれ以上邪魔しては悪いからと早めに退散してきたつもりだが、結局、静奈の教室には三十分ほどいたことになる。

厨房近くの席で、啓子は携帯を取り出した。

静奈と話をしている途中で、バッグの中で何度かバイブレーターが作動したのは分かっていたが、いちいち取り出すのは静奈に失礼だから、確認は後回しにしていた。

電話とメールの着信をチェックしてみたところ、急を要する用件はなく、啓子はそっと安堵の息を吐き出した。

「ド、ソ……」

突然、菜月がぼそりと口にした。

何事かと、啓子は携帯の画面から顔を上げ、娘の方を見やった。

菜月は客席と厨房を仕切るドアの方へ目を向けている。

「ラ……」

菜月の様子を見ているうちに見当がついた。

ドアに小さなカウベルが取り付けられていて、サーブに走る店員たちがそれを開けるたびに軽い音を鳴らしている。また、ドアの軋《きし》む音と店員が床を踏む音も、ここまで届いてくる。

「ミ、シ……」

この席付近で発せられるそれらの物音が、絶対音感を持った耳には、そういう音階で聞こえるらしい。

音楽教室で同級生の才能を目の当たりにし、張り合う気持ちが頭をもたげたのかもしれない。そう考えると何だかおかしくなった。

「シ、ド……」

「ほら、冷める前に早く食べなさい。あんたの〝聴〟能力はもう分かったから」

いまの駄洒落《だじゃれ》に気づかなかったのか、あるいは面白くなかったのか。にこりともしない娘の方へ、アマトリチャーナの皿を押してやる。同時に再びウエイトレスがやって来て、自分がオーダーしたリガトーニがテーブルに載せられた。

「で、チューミちゃんとはどんな付き合いなの」

「一年生のとき同じ組だった。いまはクラスが別だけど。席が隣になったこともあるから、わりと仲がよかったよ」

菜月はフォークにパスタを巻きつけた。だが、それをすぐには口に運ぼうとしなかった。

「チューミちゃんね、母さんとシズ先生がわいわいお喋りしているあいだに、こっそりわたしに話してくれたんだけど……」

啓子は言葉を待った。

「辞めたいんだって」

「辞めたい？　それは、静奈さんの教室を、ってこと？」

ようやくパスタを口に入れ、そのついでに、といった様子で菜月は頷いた。

「チューミちゃんほどの実力だと、不満みたい。シズ先生の指導がね。いままで言い出せないでいたけど、今日、思い切って打ち明ける、って言ってた」

「そうなの……」

だとしたら、いまごろ静奈の気持ちは千々《ちぢ》に乱れているかもしれない。宙未という子は、すんなりと辞められるだろうか。いや、おそらく一悶着あるだろう。そんな予感がする。指導が不満――その言葉は、プライドの高い静奈には許せないのではないか。誰がここまで育てたのか、という怒りも、彼女なら感じるに違いない……。

「菜月。十月一日の夜にね、シズ先生と一緒に食事をしない？」

「いいよ」

「場所はあんたが決めて。どこかいいお店を知ってるでしょ。知らなかったら友達から聞いて探してよ。値段はちょっと高くても目をつぶってあげるから。予約もお願いね」

そのとき、バッグの中でまた携帯が震える音がした。

画面に表示されているのは、先ほど交換したばかりの——静奈の番号だった。

《あの子が……》

震える声でそれだけを言ったきり、静奈は絶句した。「あの子」が宙未であることは間違いないだろう。彼女の身に何かが起きたということだ。

「すぐ行きます」

啓子は携帯をバッグにしまい、そこから財布を取り出しながら立ち上がった。

「どうしたの」

訊いてくる菜月の瞳孔は開いていた。いわゆる記者の目になっている。

「静奈さんの教室に戻る。あんたは来なくてもいいから。——会計をお願いね」

菜月の手に千円札を数枚押し込んでから、足早に店を出た。

隣のビルへ戻り、階段を駆け上がる。

レッスン室の中央。グランドピアノのそばに、静奈と宙未はいた。

宙未が床に倒れている。体には緋色《ひいろ》の布が被せられていた。毛布代わりということか。

普段はグランドピアノのカバーとして使っている布のようだ。

静奈は、その布に包まれた宙未を、泣きながら抱きかかえていた。

舞台の上で、何か物語のラストシーンが演じられているかのような光景だった。天井からのスポットライトが、二人を照らし出している。そんな錯覚をしてしまいそうな場面でもあった。

ただ、床にはビスケットの破片が散らばっていて、その乱雑さが芝居じみた感じを払拭していた。

よく見ると、注射器のようなものも、ピアノの脚元に転がっている。

レッスン室に足を踏み入れたとき、背後の教室入口で足音がした。こちらの言いつけを破り、菜月がついてきたのだと分かった。

振り向くことなく、啓子は二人の方へ駆け寄った。

「どうしたんですか」

「分からないのよっ」静奈は小刻みに首を振った。「宙未ちゃんがビスケットを食べていたら、急に苦しみ出して――」

「救急車は、もう呼びましたか?」

この問いには頷きが返ってきた。

「一人でいたら怖くなって、電話しちゃって、まだ隣の店にいると思ったから、巻き込んじゃって、ごめんなさい」

静奈の言葉は支離滅裂だったが、言いたいことは分かった。

「いいんです。気にしないでください」

見たところ、宙未はもう息をしていなかった。

4

《起きたことをもう一度教えてもらえますか》
《はい……。コンクールが近いので、宙未さんは懸命に練習していました。わたしは頃合いを見て、休憩時間にしました。彼女に紅茶とおやつを出しました》
《おやつですか。どんな？》
《有機小麦のビスケットです。その日、近所のコンビニで買ってきたものでした。それを食べる前に、宙未さんが「話があります」と切り出してきたんです》
《それで》
《「辞めたい」と彼女は言いました。わたしの指導法では限界があるから教室を移りたい、との申し出でした》
《それを聞いて、あなたはどう思いましたか》

《もちろんショックでした。言葉では言い表せないくらいに》
《それから？》
《わたしは泣きそうになってしまい、レッスン室を出ました。洗面所で顔を洗い、崩れた化粧を直しているうちに、少し冷静さを取り戻しました》
《納得したということですか》
《はい。宙未さんの将来のためなら、わたしのもとから離れてもしかたがない、と》
《それから》
《レッスン室へもどりました。すると彼女が倒れていたんです。顔が紫色になって、少し口から泡を吹いていました》
《何が起きたと思いましたか》
《食物アレルギーだと直感しました。「ピーナッツには注意してほしい」と、保護者である彼女の祖父母から聞かされていました。ですから、宙未さんに出すおやつは全部チェックしていたんです。なので、どうしてアレルギーが起きたのか、まったく理解できませんでした》
《そして救急車を呼んだんですか》
《いいえ。まずエピペンを探しました》
《エピペン？　それは何でしょうか》

《自分で注射ができるエピネフリン製剤です。万が一の場合にと医者から処方されたそれを、宙未さんは、ポーチに入れて持っていたんです。ですから、わたしが探し当てて注射しましたが、結果的に手遅れでした》
《注射をしたあとは》
《携帯電話で一一九番に連絡し、救急車を呼びました》
《それから？》
《一人で待っているのが不安でしかたがなかったので、知り合いの人にも電話しました。その日の夕方に久しぶりに再会し、すぐ隣のレストランで食事をしているはずの知り合いがいたので、彼女に来てもらいました》
《その知り合いというのは誰です？》
《羽角さんです。羽角啓子さん。刑事さんの同僚の方ですから、ご存じのはずですが》
《もちろん知っています。——話を戻しますが、あなたは、買ってきた小麦ビスケットにピーナッツが入っていないことを確認した。なのに、どうしてアレルギー反応が起きたと思いますか》
《分かりません。それを訊きたいのはわたしの方です。なぜなんですか》
《その点に関しては捜査中です》
気がつくと、もう店の前まで来ていた。啓子はボイスレコーダーのスイッチを切り、事件の翌日に録音された黒木駿《くろきしゅん》と静奈のやりとりをいったん終わらせた。

耳からイヤホンを外し、二週間ぶりに『ブラーヴォ』のドアを開けた。

今日も混雑していて、店員が忙しく動き回っている。こちらの存在に気づいてもらえるまで、少し時間がかかった。

応対したウエイトレスに名前を告げたところ、案内されたのは、前回座ったのと同じ席だった。

まだ菜月は来ていない。

静奈もだ。彼女の場合は、事件のショックでキャンセルもありえたのだが、気丈にも、昨晩入れた確認の電話には「行きます」と答えてくれた。

やがて菜月が姿を見せた。新聞部の活動を終えたあと学校からまっすぐ来たため、通学リュックを背負ったままだ。

三人との会食に、菜月はまたこの店を選んだ。この前、アマトリチャーナを途中までしか食べられなかったのが悔しくて、その雪辱《せつじょく》戦というつもりかもしれない。

「また同じ席だね。ここしか空いてなかったわけ？」

この質問に、菜月は首を横に振った。「この席にしてって、こっちから頼んだ」

「何でよ。まったくあんたって子は、気が利かないんだから。厨房に近いと騒がしいじゃない。ここよりも窓際の方がゆったりできるでしょ」

「わたしは、この席が気に入ったの」

「あ、そ」

啓子は携帯を手に取った。

二週間前の夕方、宙未は病院に搬送されたが、救急隊員が到着したときには、やはりすでに死亡していた。

異状死だから、警察による検視の対象となった。

検視は病院で行なわれた。死因が調べられ、食物アレルギーであることが確かになり、杵坂《きねさか》署の刑事課が捜査することになった。

宙未と静奈の間には、教室を辞めたい辞めさせたくないという確執があった。育ててもらった恩義を返さない——そう感じた静奈が、突発的に強い恨みを宙未に抱いたとも考えられる。もしかしたら、圧倒的な若い才能に対する嫉妬もあったかもしれない。つまり他殺の線まで視野に入れての、だが身柄までは押さえず在宅のままでの捜査だった。

被疑者の知り合いということで、当然ながら啓子は捜査から外された。静奈への事情聴取は、普段は相棒として仕事をしている黒木の仕事となった。

もちろん啓子は、刑事課長にはっきりと報告しておいた。

「青埜静奈は、買ってきたおやつにピーナッツ成分が入っていないことを念入りに確かめていました。わたしの目の前で、です。ですから殺意があってあのビスケットを食べさせた、とはとても考えられません」

その後の捜査で判明したところによれば、食品工場でピーナッツ菓子を作っていると、それ以外の製品にもピーナッツの成分が混入する場合がままあるのだという。どうやら今回の事件はこのケースに該当しそうだった。

ビスケットならビスケットの袋に【本製品の製造工場ではピーナッツ菓子も生産しています】といった文言が印字されている場合もある。そのような商品を狙って買ったとすれば、故意に宙未を死なせようとしたとも考えられる。しかし、今回静奈が購入したビスケットには、そうした表示はなかった。したがって、宙未のアレルギー反応は明らかに事故ということになる。

では、その事故が起きたと知っていながら、静奈はすぐには救助せず、故意に静観したのではないか。もしそうだとしたら、遺棄致死傷罪に該当するおそれがある。

静奈に対する捜査を打ち切るか継続するかの判断は、本日中に下すと課長は言っていた。その意思決定があり次第、黒木から電話で連絡が来るはずだった。

「遅れてごめんなさい」

約束の時間に五分ほど遅刻して現れた静奈は、襟なしのオータムジャケットを着ていた。下に穿いたスカートとともに、今日も青で統一している。

辛い食べ物が好きらしく、彼女はアラビアータを注文した。

「持ってきてくださいました？」

「ええ。これでいいかしら」

静奈は一冊のミニアルバムをバッグから取り出した。

啓子はあらかじめ静奈に、コンクールや練習風景を撮影した写真があったら見せてほしい、と頼んでおいたのだった。

食事そっちのけで、啓子はアルバムのページを捲《めく》り続け、記録写真に見入った。

実は、今回の事件には一つ引っ掛かる点があった。

あのとき、静奈は、なぜ宙未に緋色の布を被せたのか。

レッスン室には青いブランケットもあったのに。

苦しんでいる宙未の体を温めたいなら、ブランケットの方が適当なはずだ。だがその代わりにピアノカバーを使った。その心理をどう説明すればいいのか。

ここに静奈の殺意が秘められている。そんな気がするのだ。

人間よりも蛙の方が殺しやすい、という理屈がある。それに従えば、静奈は宙未に死んでもらうにあたり、宙未が自分のイメージカラーである青を着ているよりも、別の色に身を包んでいる方が、心理的に都合がよかったに違いないのだ。

この点に気づいても、だが、啓子は上司に報告しなかった。

もしかして、静奈の青い衣装への拘《こだわ》りは、そんなに強くないのかもしれない。たまに赤い服を着る場合もあったとしたら、この考えは自分の思い過ごしということになる。

だから教室の記録写真を食い入るように調べていった。

静奈が青以外の衣服を着ている写真は一枚もなし。そう判明したとき、携帯が震えた。

「ちょっとごめんなさい」

席を外し、いったん店の外へ出て電話に出る。

《青埜静奈の件ですが、課長の判断が出ました》

黒木の声を受け、端末を握る手に力がこもった。

《捜査は打ち切りです》

よかった。

駄目。

二つの思いが、まったく同等の質量を持って自分の中でぶつかり合ったのを感じた。

《検察とも相談したうえでの判断です。疑わしい部分もあるが、証拠がなさすぎて犯意を証明できない、というのが結論でした》

「分かった」

――宙未には両親がおりません。祖父母に育てられていました。祖父母は昔気質《むかしかたぎ》のいわゆる「お人よし」的な人物で、誰かを疑うということを知りません。いままで世話になった先生だから、と被疑者に対して民事訴訟を起こすつもりはないようです。

そんな情報を付け加えてから、黒木は電話を切った。

店内に戻ると、目に見えて静奈の顔色が悪くなっていた。

「大丈夫ですか？」

そう啓子が声をかけると同時に、静奈はフォークを置いた。アラビアータは半分以上皿に残ったままだ。

「出ましょうか」

静奈は頷いた。

「わたしが払ってくるから、先に行ってて」

気を利かせてそう申し出た菜月に、今回も千円札を数枚渡し、静奈のために出口のドアを押してやる。

外の空気を吸うと、静奈の具合はやや落ち着いたようだった。

「ごめんなさい、羽角さん。わたしの分はおいくらでしたか」

「気にしないでください。次の機会にご馳走になりますから」

このまま静奈は立ち去るのだろうとばかり思っていたが、いつまでもこちらの前から離れようとしない。

「先生、今日はもう帰ってお休みになったらどうですか」

「ええ。休みにします。教室は当分の間ね」

「教室ではなく、先生ご自身のことを言っているんです」

ここで静奈はふっと弱い笑みを漏らした。

「羽角さん、手錠を持っていますか？」

「いま？　いいえ」普段は持ち歩かない。

「そう。残念」

できれば、羽角さんにかけてほしかったな。そう言って、静奈は両手首をそろえてこちらに差し出してきた。

5

体育館は寒かった。

後ろの隅に石油ファンヒーターが二つばかり用意してあるが、おそらく何の役にも立っていないだろう。

保護者用に準備されたパイプ椅子はガタがきていて、少し身動きするたびにうるさく軋《きし》んだ。

救いと言えば、校長の話が思いのほか短かったことぐらいか。

立志式――かつての元服に相当するものとして、一人前になったことへの自覚を求めるといった趣旨で行なわれる式典だ。

だが、警察官としての立場から言わせてもらえば、これは要するに、刑法上の責任能力がある年齢になったことを知らしめ自重を促す、といった狙いを持つセレモニーでもあるのだ。

啓子は目を閉じた。

ここ最近、繰り返し頭をよぎるのは、ピアノ教師と最後に会った日の様子だ。

今月初日の晩、両方の手首をそろえてみせたあと、静奈は路上に跪《ひざまず》いた。

助けようと思えばできた。だが苦しむ宙未をしばらく黙って見ていた。

そう告白したあと、周囲の目も気にせず泣き崩れた。どうして宙未を早く助けようとしなかったのか。彼女の頰を伝ったものが、本心からそう後悔する涙であることがよく分かった。

プライドや意地、独占欲もあった。だが、何よりも嫉妬の感情が最も強い動機だった。取り調べで、そう彼女は証言した。

嫉妬――時間を経てから振り返れば本当につまらない感情なのに、それは、ある瞬間には、目の前が見えなくなるほどの力を振るい、人生を狂わせてしまう……。

いずれにしろ、静奈が自首する気になってくれたのは幸いだった。そうでなければ、真実が埋もれてしまうとの焦燥感で、こちらがずっと苦しむことになっていたはずだ。

静奈が折れたきっかけは、その直前に『ブラーヴォ』の店内で、写真を一つ一つ確認していったことにあったのだろうと思う。あれが心理的な圧力として効いたのだ。少々照れるが、強いて言えばわたしの手柄ということになる。

啓子は目を開いた。

教頭の司会で立志式の式次第は進み、もう菜月の出番がやって来た。

相変わらず仕事は山積みだ。これだけ聞いたら、人目につかないようにしてさっさと引き上げよう。そう決めて啓子は、保護者席の最後列でそっと座り直した。

制服の胸にリボンをつけた壇上の菜月は、遠目から見ると、普段より大人びた姿に映った。

「誰でも悪事に手を染めます」

それが菜月の読み上げる文章の出だしだった。

「人に言えない悪いことの一つや二つは、どうしてもやってしまうものです。もちろん、わたしもそうです。犯罪に手を染めても、そこに他人の目がなければ、犯人は逃げることができます。けれども、どんな場合でも目撃者はいます。真実という目撃者です。わたしの将来の夢は新聞記者になって、埋もれてしまいそうな真実を世の中に伝えることです。それが立志式にあたっての、わたしの小さな誓いです」

小さな誓いとは言いながら、真実、真実と気負うあたりが、まだまだ青いな、という気がする。聞いている方が少し恥ずかしくなるようでもあった。だが、これぐらい肩に力が入った言葉の方が、式典の趣旨には合っているのかもしれない。

菜月が一礼して壇から降りた。それを機に、啓子は手洗いに立つふりをして体育館から出て、けやき中学校をあとにした。

先日、三者面談後に菜月と通った道を、今度は一人で歩く。

途中で見上げた「BMS」の看板は、気のせいかいくぶん色褪《いろあ》せて見えた。

その隣にあるビルの一階、『ブラーヴォ』を外から覗くと、相変わらず店は混んでいるようだった。

窓際の席に座った客が、コーヒーをかき混ぜたあと、スプーンの先でカップを軽く叩く様子が垣間見えた。

いつかの静奈が、同じような仕草をしてみせたものだ。いまあの窓際の席では、ドレミファソラシドのうち、どの音が小さく鳴り響いたのだろう。警察の留置場ではあまり物音がしないから、絶対音感の持ち主は、むしろ落ち着いていられるのではないか。

店の奥へ目をやれば、厨房と客席を仕切るドアを、今日も店員が忙しく行き来している。

「ド、ソ」

「ラ」

「ミ、シ」

「シ、ド」

あの一連の動作がそういう音に聞こえるとは、なかなか面白そうだ。自分にもそんな音感が備わっていたらよかったのにと改めて思う。

雑音をドレミで表現してみせた菜月の様子を想起しながら、店の前を通り過ぎようとして、啓子は足を止めた。

「ド、ソ、ラ、ミ、シ、シ、ド」

「ド、ソ、ラ、ミ、シ、シ、ド」

思わず立ち止まったのは、菜月の読み取った音を繰り返し頭の中で唱えているうちに、一つの言葉が見えてきたからだった。

「ド、ソ、ラ、ミ、シ、シ、ド、ド、ソ、ラ、ミ、シ、シ、ド」

――シ、シ、ド、ソ、ラ、ミ。

宙未の名字は、たしか宍戸といったはずだ。

一緒に食事をした十月一日、静奈が「真実」の前にひれ伏し、自首を決めた真の理由は、本当に写真を調べたわたしの行動にあったのだろうか。

そうではなく、見殺しにした相手の名を繰り返し耳にしたからではなかったのか。

警察署の取調室で蛙の声を聞いた容疑者のように。

厨房に近いあの席を選んだのは菜月だった。もっと落ち着く席が空いていたはずなのに、敢《あ》えてそこを選んだ。

この席が気に入ったの。そう菜月は、表向き軽く受け流した。しかし実のところ、あの行為には明確な意図があったとは考えられないか。

殺したい相手にゲコと名付けた容疑者と、宙未に緋色の布を被せた静奈。

この類似には、当然菜月も気づいていた。

わたしの考えはそこで止まったが、あの子はさらに先を考えた。

ゲコの物語にあった続き。そこまで見据えて、菜月はあの席に静奈を座らせたのではなかったのか。

真実のために。

啓子は自分の顔がみるみる強張っていくのを感じた。額に脂汗が浮き出てくるのを止められなかった。

認めたくないが、いま自分の胸に湧いているものは、嫉妬という感情に近かった。しかし、不思議と悪い気はしなかった。

暗い聖域

1

夕方のホームルームを終え、担任教師への挨拶も済ませると、羽角菜月《はずみなつき》は、目の前に立っている女子生徒の後ろ姿に目をやった。

上原寿美香《うえはらすみか》のショートボブは、いつの間にかだいぶ伸び、毛先がセーラー服の両肩に触れてしまっている。

その肩を菜月はそっと叩いた。「スミちゃん、ちょっといい?」

振り返った寿美香の顔には、以前にはなかったそばかすが散見された。

「中間テストの合計、何点だった」

「ごめんね。その話はまたにしない? 今日は病院に行かないといけないから」

細面《ほそおもて》の顔を俯《うつむ》きがちにし、言葉を床に落とすように吐き出すと、寿美香は鞄を持って教室から足早に出て行ってしまった。

彼女とは一年生のときから同じクラスだった。不思議と気が合った。自分では親友の部類に入る相手だと思っている。だが、このところ、ちょっと寿美香の様子がおかしいような気がしてならない。

「羽角。おまえ、上原の点数を知りたいのかよ」

寿美香とのやりとりを見ていたらしい。通路を挟んで隣の席にいる太った男子生徒が、樽《たる》のような体をこちらへ傾けてきた。

「教えてやってもいいぞ」

家柄のよさそうな名字を持っているが、誰もが彼を「スコアラー」という渾名《あだな》で呼んでいた。テストの結果を調べるのが趣味で、級友の誰が何点だったかを一覧表にしては時々眺めてにやにやしている。そうした行動が渾名の由来だが、もしかしたら、顔がコアラに似ていることも、少しは関係しているかもしれない。

とにかく、どうやって情報を得ているのか、スコアラーの調査結果は驚くほど正確だった。

「その代わり、羽角のも教えてくれよな」

「お断り」

腐っても刑事の娘だ。自分で突き止める努力を放棄してどうする。

「ちょっといい？」

背後から誰かに声をかけられ、菜月は振り返った。

光谷睦海《みつやむつみ》の小柄な体がそこにあった。頭はぼっちゃん刈り。顔には薄いレンズの眼鏡。

風貌どおり、光谷はおとなしい男子だった。そして、ほとんど話をしたことがない相手でもあった。だから何の用事か見当もつかない。

「上手《うま》いよね、羽角さんて」

「ええと」菜月はこめかみに指を当てた。「何の話かな」

「料理だよ」

この前、家庭科の時間に調理実習があった。そのとき、光谷はこちらの腕前を観察していたらしい。

「どうしてあんなに上達したの」

「知ってるよね。わたしの母が何の仕事をしているか」

「警察官だろ。刑事」

光谷は親指と人差し指でチョキのような形を作ってみせた。拳銃という意味らしい。中学三年生。十五歳。刑事という言葉からまっさきに連想するものがそれであるところが、いかにもこの年齢の男子らしい。可愛いのか幼いのか。どう評したものやら判断に迷うことが多い。

「しかも凶悪犯係って聞いた」

正しくは「強行犯」だが、面倒なので訂正はしないでおく。

「そう。だから大きな事件が起きると、家に帰ってこないの。よってわたしは、ほとんど独り暮らしみたいなもの。いきおい、自炊しなきゃならない日が多くなるわけ」

平均すれば五日に二日、いや三日は自分で料理を作っているだろう。そうまでして下手なら、よっぽど不器用ということになる。

「その腕を見込んで、実は頼みたいことがあるんだよね。――これから時間ある？」

「ないこともないけど……」

「じゃあ、うちに来てくれないかな」

「え？」

「教えてほしいんだよ、料理を」

今日は新聞部の活動はない。それは帰宅部の光谷にしても同じことだ。

とはいえ、簡単に承諾するわけにはいかない。男子と二人で下校したら妙な噂が立ってしまう。余計な面倒は抱えたくなかった。

「でもさ、料理のしかたなんて、いくらでも本や雑誌に載っているし。図書館にもあるでしょ、ほら、『男のクッキング』みたいなタイトルのやつがさ」

「もちろん、本でもネットでも調べてみたよ。だけど、ぼくが知りたい情報は見つけられなかった。そうなると専門家に聞くのが一番早いよね」

おだてられても役に立てるという保証はないが、それでも一応は訊いてみることにした。

「どんなことを知りたいの」

「苦みとか臭みを上手く消したい」

――でも、なんでまた料理なんかに興味を持ったわけ？

その質問はしないでおいた。

給食センターの改修工事が始まり、三年生の一学期は、ゴールデンウィークが明けた時点から弁当持参となった。この状況を受け、男子と女子の間で、弁当の交換が密《ひそ》かに流行《はや》りだした。たぶん光谷にも、交際している相手がいるのだろう。

「分かった。いいよ、わたしにできることだったら」

「ありがと。ちなみに、ぼくん家《ち》はここ」

住所と地図が記されたメモ用紙を手渡された。

「先に行ってるから、ちょっと経ってから来てくれないかな」

一緒に歩いているところを見られるのが嫌なのは、光谷も同じらしい。してみると、やはり彼には付き合っている女子生徒がいるとみて間違いなさそうだ。

光谷が廊下へ出ていった。十分ぐらいしてから、菜月も教室を後にした。

杵坂《きねさか》市立けやき中学校から光谷の家まで、徒歩で五分ほどしかかからなかった。ただし途中にきつい勾配《こうばい》の坂道があり、ガードレールの向こうはかなり落差のある崖《がけ》になっていた。

光谷の家は、新しいがそれほど大きくはなかった。

考えてみれば、男子生徒の家に入った経験は、これが初めてだ。

共働きらしく、彼の両親は家にいなかった。

台所の壁には家族の写真が貼ってあった。光谷を含めて四人が写っている。両親と、そして髪の長い若い女性。これはたぶん光谷の姉だろう。

「最近、アロエが健康にいいって聞いた。これを料理したいんだけど、苦みが強くて、どうしてもいい味にできない」

「苦いところがアロエの美味《おい》しさなんだけどな」

「ぼくが食べさせたい相手は、嫌いなんだ。舌がひりひりするようなものは」

「そうなの。たとえば臭みを消すには、牛乳がいいかな。煮物の人参を必ず残す子供でも、クリームシチューに入れると、ぺろっと食べちゃうでしょ。あれは牛乳が人参の臭みを消してくれるからだよ」

「なるほど」

殊勝にも光谷は、小さなメモ帳を開き、いま耳にした情報を書きつけている。

「ねぎやしょうがなどの薬味も、食材の臭みを消すのに効果的なの。あと、味噌にだって嫌な匂いを吸着して取り除く働きがある。だから生臭みのある貝や魚の料理によく使われるわけ」

いっぺんに喋りすぎたか。メモを取る動きが忙《せわ》しくなった。

「じゃ、ちょっと実演で料理してみようか。でも、誰に食べさせるの？」

「家族だよ」

そう答える前に、光谷は少し言い淀《よど》んだ。とはいえ、まんざら嘘の答えでもなさそうだ。家族に食べさせてテストしてから、彼女と交換するつもりかもしれない。

エプロンを借りて料理しながら、菜月はもう一度、壁の写真に目を向けた。

「いつ撮った写真なの、あれ」

「ついこの間。家族で旅行したときに」

「お母さんはいくつ？」

「もう五十かな。ぼくを産んだのが遅かったから」

だったらもう光谷に弟か妹ができることはないだろう。

「若い女の人は、光谷くんのお姉さんだよね」

「そう。ぼくとはちょうど十歳違い」

ならばいま二十五か。

「同居しているの」

「うん」

「結婚はしてる？」

「してない」

「彼氏はいるのかな」

「いるわけないって。仕事一筋のキャリアウーマンてやつだから」

「でも、誰かと隠れて付き合っていたりして」

「それもなし。男っ気はゼロだよ。血を分けた弟が言うんだから間違いない」

菜月は写真に写っている姉の腹部をじっと見た。膨らんではいない。だったら問題はないだろう。

2

午後十一時を過ぎても、母親の啓子《けいこ》はまだ帰ってこない。

【遅くなる】とだけ携帯に連絡が来ていた。本当にその一文だけのメールだった。車で移動している最中に送信した場合、このパターンであることが多い。

リビングにあるテーブルの上には、昨日から、若い時分の啓子が被写体となった写真が何枚か重ねてある。どれも顔のアップか、でなければバストショットだ。

これらの写真を準備したのは、新聞部での活動に必要だからだ。「記者の親、この一枚」というテーマで、部員たちの親の若い頃の写真を載せ、それを解説する記事を書くことになった。シリーズ企画であり、ついに自分に順番が回ってきてしまったのだ。

菜月が風呂から上がると、ちょうど啓子が帰ってきた。日付が変わる三十分ほど前のことだ。

母は着替えもせずにソファに寝転がった。天井の照明が眩しいのか、腕で目の前を覆い、肩で大きな息をつく。

「それで、今日はどうだったの」

どんなに疲れていても一日の出来事を報告するよう求めてくる。いつものことだった。

「普通だよ。母さんたちの言葉だと『通常業務』」

「それじゃ、かえって分からないでしょ」

「だから学校で授業を受けて、新聞部は休みだから、まっすぐ帰ってきて、実力テストの勉強とか、読書とかしてたわけ」

「ふうん」

「それより母さん、早く写真選んでよ」

ソファから重そうに体を起こし、啓子がテーブルについた。

「そうねえ……」

写真の束を片手で捲《めく》りながら、啓子は、もう片方の手を使い、自分で自分の肩を揉んでいる。その労は途中から菜月が担《にな》ってやることにした。

「じゃあ、これにしようかな」

啓子の選択に、

――ええ？

思わず不満の声を漏らしそうになった。

熱でもあるのか、ぼんやりした表情だった。しみ、そばかすも目立っている。目の周りが黒ずみ、薄《うっす》らと汗をかいているようだ。どこか気持ち悪そうでもある。

母が選んだのはそんな写真だった。

撮影されたのは、たぶんいまから十五、六年前ぐらいらしい。何かの事件を追っていて疲れ切っているところを撮ったものかもしれない。充実期の一枚という理由から選択したのだろうか。

「本当にこ……れでいいの」

途中で言葉がつかえたのは、うっかり「これ」が「こんなの」に化けかけたせいだ。

「いい」

啓子が面倒くさそうに頷いたので、菜月はあきらめてデジカメを取り出した。天井の蛍光灯が反射しないよう、適度に角度を変えながら何枚か撮る。本物の写真は古いもので貴重だから、学校新聞の原稿用には、写真を撮影したデータを使うことにするのだ。

「じゃあ、わたしはもう寝るね。ご飯は作っておいたから、レンジで温めて」

背を向けようとしたが、

「待った」

有無を言わさぬ母の声に襟を摑まれた。

「もう一度言ってごらん。今日一日、何をしたかを」

菜月は先ほどのとおり繰り返した。その間、啓子は目を合わせなかった。彼女の視線は、こちらの手足に向けられていた。

最後まで黙って聞いたあと、啓子は全身を忙しく動かした。足を組み替える。貧乏ゆすりをする。鼻を触る。頬に触れる。左右に重心を移動する。そんな動作を連続してやってみせる。

「これ、何の仕草だか分かる？」

「分からない」

「いま、あんたがやったことの真似だよ」

男子生徒の家に行ったことは、さすがに言いづらかった。積極的な嘘ではなく、黙っているだけだ。だから上手く隠し通せると思った。

しかし啓子によれば、いま自分は、かなり落ち着きのない仕草を立て続けに行なっていたという。意外だった。まるで自覚していなかったから、母の指摘がこちらに向けられたものであるとは思えず、誰かほかの人の話を聞いているような錯覚すら覚えてしまう。

「刑事の教本にはこうあるの。『嘘をつくときのシグナルの一つは、本人の行動や態度が突然変わることだ。それまで見られなかった動きや身振りをしたら、かなり確かなシグナルとなる。相手の嘘を見抜くには、目を見るより、その人の注意のいかない肩や腕の不自然な動きを見る方がよい』ってね。あんただって知っているでしょ」

「……知ってる」

せっかく風呂から上がったばかりだというのに、いつの間にか、じっとりと嫌な汗をかいていた。

「もう三年生だから上手くいくとでも思った？　残念でした。あんたがいくつになったとしても、母さんに隠しごとをするのは無理なのよ。分かった？」

観念して、今日の夕方にあったことを正直に喋った。

「ふうん。アロエねえ……」

独り言のように呟いたあと、

「その光谷って子、誰かと付き合ってる？」

それが啓子の発した質問だった。持参した弁当の交換が密かに流行り始めていることは、もう母親に伝えてある。

「どうかな。ぜんぜん分かんない」

光谷は飾り気のない男子だ。あまりモテるようには見えないが、素朴な雰囲気を気に入る女子生徒もいるかもしれなかった。

3

物音がして目が覚めた。

啓子が出て行ったようだ。何か事件があったに違いない。

寝ぼけ眼《まなこ》で見た時計の針は、午前五時をちょっと過ぎたばかりだった。

その朝登校すると、昇降口から廊下に出てすぐ、三年生の学年主任の姿を見かけた。おはようございますと頭を下げたが、まともな挨拶は返ってこなかった。学年主任は血相を変えていた。軽く手を挙げただけで、ばたばたとサンダルの音を響かせながら、廊下を職員室の方へ走っていってしまった。

何かあったのだろうかと訝《いぶか》りつつ教室に入ったところ、自然と目が向いた席があった。廊下から数えて二列目、前から三番目——光谷の机だった。

いつもは早く登校する光谷だが、今日はまだ来ていない。

そうこうするうち寿美香が姿を見せた。

頰が青白いのは、あまり体調がすぐれないせいか。

心配ではあったが、体の具合については本人の方から何か言い出すまで聞かないでおこうと決め、菜月は黙って寿美香のそばに行った。

彼女の前の座席。そこの生徒はまだ登校していなかったため、椅子を後ろに向けてから腰掛ける。

「昨日の続きの話をしてもいい？」

寿美香が目を伏せた。「……中間テストの合計点数を知りたいんだっけ？」

「そう」

「教えたくない、って言ったらどうする」

「いいよ、黙っていても。その代わり、いまからわたしに二分間だけ時間をちょうだい」

「OK」

「じゃあ、手は膝の上に置いて。体は椅子の背凭《せもた》れから離して、力を抜いて、リラックスした姿勢で座っていてね。そして、わたしの顔をじっと見ていて」

寿美香が目を上げた。

「数を数えるけど、それでも顔を背けちゃ駄目だよ」

「……分かった」

「ひとぉつ、ふたぁつ、みぃっつ、よぉっつ……」

カウントしながら、寿美香の右肩、左肩、目の動きの三点だけを注視し、ほかのところは絶対見ないようにした。

九までいったら、今度はまたゆっくり、

「ここのぉつ、やぁっつ、ななぁつ……」

カウントダウンをしつつ、さらに三点の動きに注意を払う。

両肩もしくは目がわずかでも動けば、そのとき口にしていた数字が意味を持っているということになる。これは啓子から教わった技だ。

「……ふたぁつ、ひとぉつ。はい終了。お疲れさま」

「いまので、わたしの合計点数が分かったの？」

「……どうかな。あんまり自信はない」

「とりあえず言ってみて」

菜月は下を向いて首を小さく振った。「やめとく。たぶん当たってないから」

「いいから言ってよ」

「三百六十八点？」

「ハズレ」

「じゃあ、三百八十六点」

「違う」

「だよね」

いま寿美香が反応した数字は三、六、八の三つだった。五百点満点中なら、三六八点か三八六点ということになる。だがこれは、寿美香にしてはかなり低い点数だ。

どんなに調子が悪くても、寿美香は主要五教科の合計で四百点以下を取ったことはない。中学入学以来、一度もだ。高熱が出て、額に汗を浮かべ、マスクをしながら保健室で試験を受けたときも、平均八十点以上をキープしていた。

また教師の一人が慌ただしく廊下を走っていくのが見えた。

菜月は耳をそばだてた。教室の隅では、スコアラーを中心にして、耳聡《みみざと》い男子生徒たちが固まって何やら噂話をしている。

「傷害事件」「巻き込まれ」「うちの生徒」「三年生」……。

漏れ聞こえてくる言葉の数々からして、この学校の生徒が誰か、何らかの事件に遭遇したことは間違いないようだ。

やがて始業のチャイムが鳴って、朝のホームルームが始まった。

担任が入ってきたら、どんな話を聞かされるのか。嫌な胸騒ぎを覚えつつ、菜月はノートの端に鉛筆を走らせた。

【418点】

その部分を千切って丸めてから、通路を挟んで隣席のスコアラーに向かって放り投げる。

一時限目は数学だ。その予習として練習問題を解いていたスコアラーが、紙礫《かみつぶて》に気づき、広げた。

――なんだ、これ？

そんな目をこっちに向けてくる。記録が趣味のくせに、昨日あったことをもう忘れているようだ。

――だから、わたしの合計点だよ。中間テストの。

口の動きでそう訴えてやると、スコアラーはにやりと口の端から歯を覗かせ、

「やっと取り引き成立か」

そっと呟いたあとでノートを広げた。そこに今回の中間テストのデータが記されているようだ。

スコアラーは、いまこちらが投げた皺くちゃになった紙の裏側に、シャープペンシルで数字を素早く書きつけた。丸めることなく手渡してくる。

その紙に書いてあった数字、つまり寿美香の点数が【４４０点】で、やはり自分の読みとはまるで違っていることを知ったとき、教室に担任教師が入ってきた。

表情が強張っていた。

「昨晩から行方不明になっていた生徒がいる。今朝になって見つかった。高いところから落ちて大怪我をしていたので、病院に運ばれた。詳しい容体は、いまのところ不明だ」

菜月は教師の顔から座席の一つへと視線を移した。

「非常に残念だが、このクラスの生徒だ」

教師も、その席へ目をやった。

廊下から数えて二列目の前から三番目——。

そこはいまだに空席のままだった。

4

その日の放課後、菜月は寿美香を学校の東屋《あずまや》に誘った。

「この前は、テストの合計点を当てるのに失敗した。だから挽回したい」

そう言ってトランプのカードを渡した。

「十枚のカードを選んで、そのうちの一枚はジョーカーにして、広げてみて。わたしが一枚引く。それがもしジョーカーだったら、スミちゃんの前で、そうだな、逆立ちしながらラーメンを食べてみせる」

「そんなこと言って後悔しない？」

寿美香はトランプを広げた。菜月は一枚引いた。それはジョーカーではなかった。

「もう一回やってみてもいいよ。しかも今度はカードの枚数を半分に減らしてね」

寿美香も、静かに対抗心を燃やしたようだった。たった五枚のカードを念入りにシャッフルし始める。

そのあいだ菜月は、一週間前に起きた事件を思い返した。

光谷は家の近くにある崖から転落していた。

こちらが料理を教えてやった日の晩、何者かに突き落とされたらしい。事故ではなく事件ということだ。

幸い、一命は取り留めた。意識が戻る兆《きざ》しもあるらしい。

あの日の朝、啓子が飛び出していったのは、光谷の事件を担当することになったからだった。

「どうぞ。さあ引いて」

寿美香の声に顔を戻した。扇形に広げられた五枚のカードから、一枚抜き出す。それはまたしてもジョーカーではなかった。

十回近く繰り返しても、こちらがジョーカーを引くことは一度としてなかったため、寿美香は不思議がった。

「一応、タネみたいなものがあるんだよ」

まずカードを引く指を、相手の左右の目の間にもっていく。そして、その指をゆっくりと下ろしていく。

肝心なのはここだ。こうすると、なぜかほとんどの人間は、視線をジョーカーのある方向へ向けてしまうのだ。だから、このとき相手の目が左右どちらに動いたかを、さりげなく、しかし確実に観察しておく。あとは、それと反対側から一枚引けばいいだけだ。

そう寿美香に教えてやった。

「菜月ちゃんと付き合っているせいで、読心術っていうのかな、そういうものに、わたしもだんだん興味が湧いてきた。でも、本当によく知ってるね」

「刑事の娘だからね。あっちは人の嘘を見抜くのが商売。そんな人と一緒にいたら、嫌でもこういうことばっかり覚えちゃう」

なかでも啓子は特別、嘘を見抜く才能に優れているような気がする。

そういえば、生い立ちが恵まれなかった人ほどそうした能力に恵まれている、という説をどこかで耳にしたことがあった。例えば、虐待を受けている子供は、身を守るため、大人たちの感情を正確に察知する必要に迫られる。そこで、彼らの細かい仕草をじっと観察するようになる。そういう訓練を無意識に積んでいるうちに、他人の内面を見透かす技術が身についてくるのだそうだ。

この理屈が本当かどうかは知らない。だが、小さい頃に里子に出され、生みの親に対してねじれた感情を持ちながら成長した啓子には、何となく当てはまっているような気がする。

「菜月ちゃんて、お母さんに似たんだね」

「そうかな」

「だって刑事みたいだよ」

「おっと、噂をすれば」菜月は校舎の方を指さした。「なんと本人の登場」

え、と驚きの声を上げながら、寿美香は、菜月が指さす方向へ顔を向けた。

ショルダーバッグを提げた人影が、こちらへ向かって歩いてくる。母親の啓子に違いなかった。

「こんな偶然ってある？　どうして学校へ？」

「実はね、光谷くんの事件を母が担当しているわけ」

「……そうなんだ」

「こんにちは。あなたが寿美香さんね」近づいてきた啓子は、寿美香を真向かいに見るベンチに座った。「娘からいつも話は聞いています。一年生から一緒のクラスで親友だって。やっと会えてよかった」

いままで教職員から事情を聴いていた。一通り終えたので帰るところだ。啓子はそのように説明しながら、じっと寿美香の顔を見据えていた。

その視線につられるようにして、菜月も寿美香に目を向けた。

よく見ると熱っぽいような顔だった。目がぼうっとしている。肌が荒れ気味で、そばかすも目立っている。目の周りが黒ずみ、額には薄く汗を浮かべていた。

思い返してみれば、ここ最近の寿美香はずっとこんな感じだ。

それにしても、この外見は誰かに似ていた。そう、「記者の親、この一枚」。あの写真でぼんやりした表情を浮かべていた昔の啓子だ……。

「こちらこそ、菜月さんには仲良くしてもらっています。いまも、読心術を教えてもらっていたところです」

「そう。母さん直伝《じきでん》のね」

菜月が入れた合いの手には取り合わず、啓子は寿美香に言った。

「同級生の男の子がたいへんな目に遭ってしまったけれど、でも心配しないで。幸い大丈夫そうだから。意識が戻ったみたいだよ。骨折箇所が多いけれど、時間が経てば元気になるって」

「本当ですか」

よかったね、という顔を寿美香はこちらに向けてくる。ね、と菜月は応じた。

啓子はまたじっと寿美香を見据えてから口を開いた。

「一安心したところで、おばさんから寿美香さんにお願いがあるんだけど。ぜひわたしと菜月の家に遊びにきてほしいの」

「……はい、お邪魔します」

「おばさんね、社交辞令が嫌いなのよ」啓子は手帳を取り出した。「じゃあ、今度の土曜日はどう？　午後一時から。大丈夫かな」

「ええ。土曜日は、たしか何もありませんから」

啓子は立ち上がり、寿美香に握手を求めた。

「じゃあ約束したよ」

寿美香が慣れない様子で啓子の手を軽く握り返す。

啓子が去っていくと、菜月も立ち上がった。寿美香も続く。

「スミちゃんはこれから家へ帰るよね。わたしはちょっと用事があるから、校舎の方へ戻る」

「じゃあここでバイバイしよっか」

と別れて東屋を後にした。校舎の方へ戻り、建物をぐるりと回って、裏手にある教職員用の駐車場に行く。

そこにシルバーグレイのセダンが停めてあった。啓子と、その後輩刑事である黒木《くろき》駿《しゅん》がよく使っている捜査車両だ。

運転席に黒木が、そして助手席に啓子が座っていた。菜月は後部座席に乗った。

「黒木さん、車を出してもらえますか」

「OK。じゃあ菜月ちゃん、ナビ係をよろしくお願いしますね」

「はい。まず第一公園の脇を通ってください」

車が公園の横を過ぎた。

「次は『サンデーモール』の方に曲がってもらえますか」

「サンデーモール」。そのショッピングセンターは思い出の場所だった。一年生の課外授業で、寿美香と一緒に訪れた。建物内にある来客用の託児室で職業体験をしたあと、フードコートでピザを食べ、デジカメで一緒に記念写真を撮った。ついでに言うと、寿美香が好きだというそこのシーフードピザはあまり美味しくなかった。

「あそこが上原家です」

かなり裕福であることを窺わせる洋風の大きな家――寿美香の自宅を案内し、菜月は母親から頼まれた仕事を終えた。

警察では行確《こうかく》ということをやる。行動確認――俗に言う尾行だ。対象は事件の容疑者。そう、光谷を崖から落とした人物として警察がマークしている人物は、ほかならぬ寿美香だった。

学校であったことはすべて啓子に話をしている。

だから寿美香が三、六、八の数字に反応したことも啓子に伝えた。それが中間テストの合計点数ではなかったことも。

テストと無関係なら何なのか。

先に気づいたのは啓子の方だった。

——みっつ、やっつ、むっつ。

三、八、六。その順序で啓子が数字を口にした瞬間、菜月もはっとした。

光谷睦海。その名前を連想したから寿美香は反応したのではないか。

親友への疑惑がにわかに深まった瞬間だった。

光谷と交際していた女子生徒は、たぶん寿美香だ。彼女が光谷の家を訪問したとき、何らかの原因で口論が起きた。寿美香はかっとなり、光谷宅付近の崖から彼を突き飛ばしてしまった。おそらく、そのような経緯があったとは考えられないか——。

寿美香を間近で観察してみたい。そう言い出したのも啓子だった。容疑者を至近距離から見ておくのが刑事の流儀なのか。それとももっと別の意味があるのか、それは不明だったが、母に協力した。だからさっき、寿美香を東屋に無理に誘い、啓子に引き合わせた。

親友を裏切るような真似だから心が痛んだ。

しかし母が仕事で過労気味であることも、同じように心理的に大きな負担だった。捜査に協力できることがあれば、どうしてもしてやりたかった――。

いま、この車より遅れてやってきた寿美香が、自宅の大きな門をくぐろうとしている。その後ろ姿にじっと視線を向けつつ啓子は言った。

「わたしはあの子を助ける」

「……助ける？　それ、どういうこと」

「安全な場所へ逃がしてあげるってこと」

黒木が驚いた表情を啓子の方へ向けた。

――組織の意向を無視して、一刑事がそんなことを請け合っていいんですか。

彼の心中を代弁すれば、そうなるだろう。

だが菜月にしてみれば、いま母の口から出てきたのは願ってもない言葉だった。

そう、寿美香は犯人かもしれないが、犯罪者ではない。たとえ光谷を崖から落としたのが寿美香だとしても、それには何か深い理由があるはずだ。

「本当だね？」後部座席から、菜月は身を乗り出し、啓子が座っているシートを摑んだ。

「約束してくれるよね」

啓子は深く頷いた。

5

土曜日の午後、寿美香を家に上げると、まず菜月は彼女の背中をさすってやった。

寿美香がインターホンを鳴らしたのは、一分の違いもなく、午後一時きっかりだった。たぶん早めに来て玄関の前で待機し、時計の時刻に合わせてインターホンのボタンを押したのだろう。

その行為一つで、寿美香が緊張していることがよく分かった。背中をさすってやったのは、もっとリラックスしてもらうためだ。

リビングに入ると、啓子がテーブルにモンブランのケーキを並べ終えたところだった。

「どうぞ、座って」

啓子が椅子の一つを手で指し示す。そこに寿美香が座ると、彼女の向かい側に啓子も腰を下ろす。その二人を左右に見る位置に、菜月も座った。

「菜月から聞いたんだけど、寿美香ちゃんは、読心術に興味を持ち始めているんだって?」

「はい。菜月さん、トランプのジョーカーを絶対に引かない技を持っていましたから、すごいなって思ったんです。わたし、特技って何もないですから、そんなことができたらな、って」

「菜月。あんたは誰から読心術を習ったの。言ってごらん」

「……母さんから」

「そう。わたしが師匠なのよ、寿美香さん。そうだ、せっかくだから見せてあげましょうかね、師匠の技を」

前回とは違って、今日のこの集まりに事前の打ち合わせはない。寿美香に向かって「あの子を助ける。安全な場所へ逃がしてあげる」と宣言した啓子が、無理に休みを取ってまでその寿美香をこうして自宅に招いた理由には、正直なところ、まるで見当がつかないでいる。

「嬉しいです」寿美香は手を合わせた。「ぜひお願いします」

「菜月、ハンカチ持ってる?」

菜月が白いハンカチを渡してやると、啓子は器用な手つきでそれを捩《ねじ》った。そうして結び目を二つ作ってから、一つを自分が持ち、もう一つを寿美香に差し出した。

「親指と人差し指でぎゅっと握って」

言われたとおりにした寿美香の指先は、まだ緊張しているせいか、かすかに震えていた。

「では、この部屋にあるものなら何でもいいから、一つ頭の中で選んでもらえる?」

「どんなものでもいいんですね」

「ええ。時計、花瓶、電話、テーブル。どんなものでも。制約は一切なし。最初にぱっと心に浮かんだものを選んで。わたしがそれを当ててみせるから」

「……はい。決めました」

「じゃあスタートするよ。寿美香ちゃん、ハンカチをしっかり握っていてね。けっして手放さないように」

「分かりました」

啓子は、自分が手にした方の結び目を、まずは真っ直ぐ手前へ引っ張り始めた。

それが済むと、今度は少し方向を変え、自分の右側へ。そして次は左側へ。そんな具合に、いずれもゆっくりとした速さで、四方八方へとハンカチを動かしていく。

母がしている行為の意味が、ほどなくして菜月にも吞み込めてきた。

ある方向へハンカチを引っ張ったとき、寿美香の手に込められている力の大きさはどれぐらいになるか。その微妙な違いを、啓子は自分の指先で感じ取っているに違いない。

寿美香が選んで脳裏に思い描いたもの。それがある場所に近い方向へハンカチを引っ張ると、きっと寿美香の手から力が抜けたり、逆に妙に力んだりといった変化が生じるのだろう。

そうした変わり目のポイントを察知したら、ハンカチを動かす範囲をそちらに限定し、さらに細かく調べていけば、いずれは正解に辿り着けるというわけだ。

加えて、啓子はときどき、じっと寿美香の顔に視線を向けている。手を動かしつつ相手の表情や顔色を観察することも、この読心術を成功させるためには欠かせない要素であるようだ。

「なるほど、こっちね」

啓子は椅子から立ち上がった。

ハンカチを持ったままテーブルの横を通って、寿美香のすぐ傍らに立つ。そしてハンカチの結び目をゆっくりと寿美香自身の方へ向けていった。

寿美香はテーブルの上に伸ばした手でハンカチの結び目を握っている。その結び目と寿美香自身のあいだに、啓子が握っている結び目が入った形になった。

「分かった」

そう言った啓子の結び目は、ちょうど寿美香の臍《へそ》のあたりを指している。

「これね」

そのときどこかで、食べ物が喉につかえたような音がした。

嗚咽《おえつ》だった。見ると、寿美香が涙をこらえている。右手ではハンカチを握ったままだ。空いている左手で口元を押さえる。

こらえきれないのか、寿美香の目から涙が溢れた。

啓子はそっと寿美香の右手に自分の手を添え、ハンカチを指先から離してやった。結び目をほどき、そのハンカチで涙を拭いてやる。

「あなたが光谷くんを突き落とした。――間違いないわね」

その言葉に寿美香が頷く。

「動機は？」

「ちょっとトラブルがあったんです……。それで、光谷くんの方が先に殺そうとしました……。奪おうとしたんです。わたしの大事な命を……。信じられないでしょうけど、本当なんです……」

聞き取るのが難しい震える声で、寿美香はそんな言葉を口にした。

「だからわたしもカッとなって、光谷くんを押して、気づいたら、彼の体がガードレールの向こうへ落ちてしまって……」

菜月は混乱した。目の前で何が起きているのかよく分からなかった。

「そうなの。じゃあ、わたしと一緒に、警察署へ行ってもらえるかな」

そっと啓子がかけた言葉に、寿美香は口に手を当てたまま頷いた。

「ちょっと母さんっ」

菜月は椅子を蹴って立ち上がった。

「どういうことっ？」

「どうもこうも、聞いたでしょ。寿美香ちゃんが犯人なの。だからわたしが逮捕します」

ますます混乱した。とにかく啓子の追及で寿美香が自白したことは確かだ。親友は捕まるのだ、警察に。少年審判にかけられ、たぶん保護観察処分になるか、そうでなければ児童自立支援施設か少年院に送られる。

だが、どうして。これでは約束が違う。

リビングのテーブルに寿美香を残したまま、菜月は啓子の腕を引っ張り、廊下に出た。扉を閉める。厚い扉ではない。声が寿美香に聞こえてしまう。それでもかまわず、母の腕を摑む手に力を込めて声を張った。

「騙したの？　ねえ、何でわたしに出鱈目《でたらめ》を言ったの？　嘘つきっ。この前言ったじゃない。『あの子を助ける』って」

あれは強い口調だった。なのに、啓子はいま、その言葉に背《そむ》こうとしている。いましがた寿美香を相手に、ハンカチを使ってどんな策を弄したのかはよく分からなかったが、とにかく巧みに動揺させ、自白を促すことに成功し、逮捕しようとしている。

「嘘つき？」ドアに設けられた曇りガラスを通してリビングの様子を気にしていた啓子が、やっとこちらを振り返った。「聞き捨てならない台詞《せりふ》ね」

「だってこの前、車の中で約束したじゃないの」

「何てよ。言ってごらん」

「だから、『わたしはあの子を助け』――」

そこまで口に出したあと、菜月は唇を半開きにしたまま固まった。

これまで見聞きした幾つかの光景や言葉が脳裏をよぎる。

アロエの料理を教えてくれという光谷の依頼。

かつての啓子とよく似た様子の寿美香。

そして彼女が先ほど口にした「わたしの大事な命」。

そう、母は嘘をついてはいない。こっちが勝手に勘違いしていたのだ。

啓子は「寿美香」を助けるとはひとことも言っていない。そうではなく、「あの子」を助けると言ったのだ――。

6

クリスマスも正月休みも終えた「サンデーモール」は、自分の歩く足音がはっきり聞こえるほど閑散としていた。

「お待たせ」

背後からの声に、菜月は振り返った。

七か月ぶりに見る寿美香は、記憶にある彼女の姿よりも幾分痩せていた。

【施設を出ました。またピザ食べない？】

そんな文面の葉書が届いたのは、つい先日のことだ。葉書には家庭用のプリンターで白い建物も印刷されていた。石造りの門があり、そこには「＊＊県立＊＊学園」と児童自立支援施設の名称が刻まれていた。そして門の横に立った寿美香の顔には、屈託のない笑みが浮かんでいた。

「いま、どうしているの」

「昼間はいろいろやることがあって、夕方から夜間中学校に行ってる。まずは卒業資格を取るつもり。——菜月ちゃんは、そろそろ受験だね」

「そう。もう死にそう」

「めげないで。新聞記者になりたいんでしょ。いい高校に入らないと」

「そうだね。やるだけやってみる」

ここで寿美香は、こちらの右手首をそっと握ってきた。

「どうしたの、いきなり」

「読心術というものをね、わたしも施設でちょっと覚えてきたんだ。いろいろ本を読む時間があったからね。そこで、ピザを食べる前に、菜月ちゃんがいま一番行きたい場所を当ててみせようか、って思ってさ」

「面白そう。ぜひやってみせて」

　二人で歩き始めた。

　曲がり角に来て、直進、右折、左折の選択肢が生じたとき、寿美香はまず、こちらの手首を左に動かした。

「ハズレみたいね」

　寿美香によると、間違った方向だと手首が重く感じられるのだという。手を握られている側にしてみれば、望みどおりではないため、どうしても抵抗する力を体に込めてしまうものなのだそうだ。

「だったら右かな」

　反対に正しい方向なら、相手も体から力を抜いてそれに従う。だから絶えず手を少しずつ動かし、どの方向だと手首が最もスムースに動くのかを探っていけば、わりとすんなり正解の場所へ辿り着けるものだ、という話だった。

　寿美香に手を引かれて行き着いた場所には、小さな看板が出ていた。そのプレートには赤ん坊のピクトグラムが描かれ、その下には「託児室」と書いてある。

「ここに来たかったんでしょ。どう？」

　寿美香が手を放した。そうして右の手首が自由になると、左手も使って、菜月は大きな丸印を頭の上に作ってみせた。

「お見事でした。今度はわたしがスミちゃんにいろいろ習う番かな」

「おだてないで。だって、どう考えてもここしかないもの」

「わたしたちの思い出の場所だからね。ただでコキ使われた」

「そう。それに、ぜひ菜月ちゃんに会ってもらいたい人がここで待っているし」

「嬉しい。やっと会えるんだね。で、その人は彼なの？　それとも彼女？」

「彼」と答えつつ、寿美香は託児室のドアを開けた。

そこにいたスタッフに挨拶してから、青い男児用のベビー服を着た赤ん坊を受け取る。

「紹介します。息子のトシミです」

おそらく「寿海」と書くのだろう。自分と、そして父親の光谷睦海から一字ずつ取ったわけだ。

「抱かせてもらっていい？」

「どうぞ。覚悟してね。まだ生後一か月だけど五キロ近い重量級だよ」

たしかに、かつて啓子が言った「あの子」は、予想以上のウエイトを誇っていた。

「じゃあ、ピザを食べに行こうか」

寿美香が息子をまたスタッフに預ける。

二人で託児室を出た。フードコートへ向かって歩きながら、菜月は、寿美香が七か月を過ごした児童自立支援施設について思いを馳せた。

収容されているのは主に、不良行為に走ってしまった少年少女たちだ。それを思えば、底の方に暗い空気が淀んでいるような場所を、どうしても想像してしまう。たぶんそうした面は拭い難くあるはずだ。

だが、あの葉書にあった寿美香の明るい表情から察するに、そこで彼女が送った生活には、自分が想像するよりもずっと潤《うるお》いがあったのだと思う。

それに啓子が判断したとおり、ある意味、そこはどこよりも安全な場所と言っていいはずだった。光谷のように、同級生の妊娠という事態に慄《おのの》き、度を失い、堕胎を目論《もくろ》む男がいたとしても、彼らの魔の手は決して届かない場所なのだ。母親と胎児だけの聖域であったことには間違いない。

今日、モールの客足は全体的にまばらだが、昼食時であるため、フードコートだけは混雑していた。カウンターから遠い場所にしか空席はなく、注文してからシーフードピザが出てくるまでは、十五分近く待たなければならなかった。

「ええと、アロエは入っていないな」

ピザを切り分けながら、寿美香はそんなふうにおどけてみせた。

あのとき気づくべきだったのかもしれない。

アロエは昔から堕胎に使われる食材だ。それは何かの本で読んで知っていた。だから「家族に食べさせる」という光谷の言葉を受け、それが出鱈目だとは思わないまま、彼の姉が妊娠していないか、などと心配した。

まさか光谷の標的が自分の親友であり、その親友が胎児を身ごもっていたなどとは想像すらしなかった。

ピザを食べる前に、テーブルについたまま菜月は寿美香と体を寄せ合った。そうしてデジカメで自分たちの姿を撮影する。

撮った写真を保存ファイルで確認したとき、啓子の顔も出てきた。学校新聞の企画「記者の親、この一枚」用に撮っておいた画像だ。

「おや、これまた」すかさず横から寿美香が覗き込んでくる。「ずいぶんお若い啓子さんね」

「あきれるでしょ。自分で選んだ一枚がこれだよ。仕事で悩んでいるときの酷い顔。もっときれいに写っているのがあったのに」

この疲れ切ったような顔に合わせ、執筆した記事では、刑事の仕事がいかに過酷であるかを強調した。一般生徒からの反響は期待したほどではなかったが、部員の間ではわりと評判がよかった。

「そうじゃないよ」

寿美香の声は、急に落ち着いた口調になっていた。

「見た感じは悩み顔だけど、このときの啓子さんの気持ちは、きっとその反対だったと思う」

「……どういう意味」

「喜んでいるってこと」

「本当？　どうしてそう言えるの」

「言えるって。何しろ経験者だもの」

寿美香の一言を受け、菜月は啓子の写真に改めて視線を注いだ。

熱っぽい顔。しみ、そばかす。目の周りの黒ずみ。薄らとかいた汗……。

そうか。これはみな妊娠の兆候なのだ。

「経験者」であることは啓子も同じ。だから母も寿美香を間近で観察し、胎児の存在に気づくことができたのだろう。

ならば、本当はどんな記事にするべきだったのか……。

いまさら遅いが、書き直してみたくてしょうがない。

新たに想を練りながら口に入れたシーフードピザの味は、思ったより悪くなかった。

無色のサファイア

1

トーストを片手に持ったまま、菜月《なつき》は朝刊の文字を目で追っている。その様子を横から見やりつつ、羽角啓子《はずみけいこ》は箇条書きにされた文言を思い出していた。

・いつもだるそうにしている。

・以前より動きが緩慢《かんまん》になった。

・登校時間ぎりぎりまで寝ている。

・それまでよく学校や友達の話を家でしていたのに、急に話さなくなった。

・いままでは家族と一緒にリビングで過ごす時間が長かったのに、突然自室に閉じこもり、勉強もせずぼんやりするようになった。

いつだったか学校から保護者に渡されたレジュメに記してあった「いじめの兆候チェックポイント」だ。

菜月の担任教師から家へ電話が掛かってきたのは、三か月ほど前の夜だった。

――《これはいまのところ、もしかしたら、の話なんですが》

そう前置きしてから、若い男性の担任は続けた。

——《菜月さんがいじめの被害に遭っているかもしれません》

耳を疑う言葉だった。

——「ちょっと信じられません。家ではごく普通の様子ですけど」

——《でしたらいいんですが……》

——「先生には思い当たるふしがあるんでしょうか」

——《いえ、実はわたしが見ているかぎりでも、菜月さんはいつも元気な様子です。なので、そんなふうに考えたこともありませんでした》

だとしたら、どこからいじめの話が出てきたというのか。

——《実は、複数の生徒から報告があったんです。「菜月さんはときどき、ほかのクラスの生徒五人組に、ファミレスで無理やり奢《おご》らされているみたいです」というものでした》

——「ほかのクラスの生徒？　その五人というのは誰でしょうか」

——《そこまでは、現段階ではお教えできません。まだ事実関係がはっきりしていませんので。どうかお察しください》

——「では、どこにあるファミレスなのかは教えていただけますか」

——《N町らしいです》

あれから三か月間、相変わらず菜月は快活な様子だ。しかし親の身としては心配を完全には拭い切れず、そっと娘の様子を観察し続けてきた。

ファミリーレストランで誰かに奢ったことがあるか。その程度は一言確認しておくべきかもしれない。一方で、受験を間近に控えたいま、娘の気持ちに少しでも波風を立たせるような真似はしたくない。勘違いなら勘違いのままそっとしておいた方が得策——そんな気がするのだ。

今日もトーストの頬張り方には食欲を見て取れるし、新聞を捲《めく》る手の動きも素早く、緩慢とは正反対だ。いまの菜月を見るかぎり、いじめの兆候のどれにもあてはまりそうにない。すると、やはり担任からのあの電話は何かの勘違いだろう。

菜月が立ち上がった。

「ごちそうさま。行ってきます」

「気をつけてね」

娘に手を振り、啓子は朝食の片付けにかかろうとした。だが、その動きはすぐに菜月の声で止められた。

「母さん。悪いけど、新聞紙を一枚持ってきてくれないかな」

「待ってて」

今日の朝刊なら、どうせ職場でも読める。菜月がテーブルに広げたままにしておいた新聞から、一番上の一枚を手にし、啓子は玄関へ向かった。

菜月は上がり框《かまち》に腰を下ろしていた。スニーカーを履こうとして、途中で手を止めた格好のままでいる。

「昨日、掃除するの忘れてた」

新聞紙を渡してやると、菜月はそれを三和土《たたき》に敷いた。そして玄関口に備え付けてある靴用のブラシを手にし、靴先についたわずかな土を新聞紙の上に落とし始めた。

「わざわざ敷かなくてもいいって」啓子は菜月の背中に向けて言った。「どうせ三和土は箒《ほうき》で掃くんだから」

「でも、やっぱり何となく申し訳ないし」

家の掃除については、誰がどこを担当するか、母娘で細かく分担している。玄関周辺でいえば、三和土は母、靴箱の上や上がり框は娘の担当だ。

他人のテリトリーは汚しづらい。その心理はよく分かる。

菜月がいつも履いているのは、明るいベージュ色のスニーカーだった。メッシュ素材で横にグレーの線が五本入っている。ラバーソールには、幅二ミリほどの溝が縦横に細かく刻まれていて、雨の日でも滑らないところがセールスポイントの一つらしい。

いまから二年ほど前、新聞部員の菜月が一年生のとき、同じ学年の部員たちで企画し、執筆した記事が、翌年の全国学校新聞コンクールの特別賞を受けた。そのときに副賞としてもらった商品券を使い、当時の一年生部員たちがおそろいで買ったものだった。

そんな「栄光の記念品」だからだろうか、一度履いたあとは必ず、付着したゴミ類をこうしてきっちり落としておくのが常だった。

「その靴も幸せだこと、そんなに大事にされて」

足のサイズが変わっても履き続けられるよう、敢《あ》えて大きめのものを選んで買ったという。二年生のときは靴下が厚手でも爪先に余裕があったようだが、三年生のいまではそれをぎりぎり薄手にしてやっと足が入るようだ。

「まあね」

「でも、これを履いていられるのも、あと少しだね」

菜月が受験しようとしている高校は、県立の進学校だった。女子はスカートの色がブラウン。それに合わせて、革靴も茶色でなければならない。合格を信じて、実はもうその革靴を買ってあった。箱から出さずに下駄箱の奥にしまってあるのだが、このことは菜月にはまだ内緒にしてある。

菜月はスニーカーを裏返すと、制服のポケットからヘアピンを出した。それを使ってラバーソールの溝に挟まった小さな石やゴミも一つ残らず丁寧に取り除き、新聞紙の上に落としてから立ち上がる。

その新聞紙を啓子は受け取ろうとしたが、

「途中でわたしが捨てていくからいいよ」

菜月は、落としたゴミ類を紙の中央にまとめ、てるてる坊主のように新聞紙を絞ってから、通学用の鞄に入れた。

菜月を見送り、リビングに戻った。もう午前八時を過ぎている。急いで片付けをしなければ。そう思った矢先に、サイドボードの上に置いてあるデジタル時計がルル、ルル……と耳障りなアラーム音を立て始めた。出勤時間を知らせる合図だ。

その前に、ある朝刊の記事に目を通しておきたかった。

先ほど菜月の様子を観察しているとき、ふと目に留まった見出しが気になってならなかったのだ。

アラームの音をいったん止めた。五分後に再び鳴るようにしてから、菜月の座っていた椅子に腰掛け、社会面に目をやる。

【杵坂《きねさか》市の質店スタッフ殺害事件　最高裁で広中《ひろなか》被告の無期懲役が確定】

扱いとしては中くらいの記事だった。

質店での殺人。この事件は自分も捜査に加わった。二年前の三月初日、事件が発生したときの様子はいまでもはっきりと覚えている——。

2

事件の第一報が携帯電話にメールで飛び込んできたのは、三月一日、午後七時過ぎのことだった。そのとき啓子は、杵坂署の刑事部屋で領収書の整理に追われていた。被疑者の行確時《こうかく》、突然タクシーに乗る必要が生じたり、事件の参考人から喫茶店で話を聞いたりと、刑事がいったん自腹を切って捜査費用を立て替えるケースは少なくない。いまのところ三万円近く立替金が溜まっていた。

あと一か月で菜月は中学二年生になる。この三万円が戻ってきたら、進級祝いに新しい腕時計でも買ってやるか。そんなことを考えながら、電卓のキーを叩いていた。

そこへ飛び込んできた知らせだった。

他殺死体が見つかった質店は、杵坂市第二の繁華街であるN町に小さな店舗を構える『リサイクル東亜《とうあ》』。被害者は三十代の男性店長。店のレジをこじ開けようとした形跡があった。容疑者の身柄はすぐに確保されたとのことだった。

午後六時ごろ、二人連れの会社員が客として『リサイクル東亜』に入った。するとカウンターの向こう側で、四十代とみられる男が、ロープのようなものを使って店長の首を絞めているところに出くわした。

逃げようとしたその男を、会社員らが取り押さえ、警察に通報した。駆けつけた警察官が男から事情を聴取しようとした際、男が再び逃走を試み、警察官を突き飛ばしたため、公務執行妨害で逮捕した。

最初にもたらされた報告では、事件の概要は、だいたいそのようになっていた。

第一報にはすでに被疑者の名前も記されていた。

ヒロナカヒデカズ。

どことなく聞き覚えがあった。音声だけではぼんやりしていた記憶は、第二報のメールに記載されていた漢字表記を目にして確信に変わった。

広中日出数。

やはり自分はこの人物を知っている。

日出数という字面がやけに印象的だから、いまでも記憶に残っていた。彼との接点を持ったのは三十年前だ。自分がけやき中学三年生のとき、同級生の男子に、広中日出数がいた。飼育委員をやっていた、あの広中くんだ。

『リサイクル東亜』の店内には防犯カメラが設置されていたが、映像を記録するハードディスクは見当たらない。そんな追加情報とともに、第二報のメールには「容疑者の年齢は四十五歳」とも書いてあった。自分と同い年だから、まず間違いない。

念のため啓子は、刑事課長にその旨を告げておいた。

間もなく広中は、杵坂署に連行されてきたようだった。

刑事課長が自ら取調室へ出向いていった。

逮捕の罪状は公務執行妨害だ。とはいえ、状況からすれば、広中が店長殺害に関与した容疑が極めて濃厚だった。

杵坂署刑事課は、当然、取り調べでその点を追及した。

だが、広中は地蔵のように黙っている。徹底的に黙秘を決め込む肚《はら》らしい。そんな情報が、刑事部屋で待機していた啓子の耳にも入ってきた。

「羽角」

刑事課長から呼び出されたのは、午後九時少し前だった。

「おまえがやってみてくれないか」

同級生のよしみ、というものがあれば、地蔵も口を開くのではないか、という期待だ。

取調室に入ったときには緊張した。

太い眉毛に四角い顎《あご》。顔の特徴は、三十年の年月が流れても、あまり変わっていなかった。

啓子は黙って向かいの椅子に座った。

最初、広中は目をそらしていたが、ほどなくしてチラチラとこちらを気にし出し、やがては何かに思い当たった素振りで、じっと視線を向けてきた。

頃合いを見て、啓子は言った。

「思い出した？　中学三年のとき同じクラスだったよね」

広中はわずかに顎を引き、ようやく口を開いた。

「名字は忘れたけど、名前の方はたしか……ケイコさんだったよな。みんな『ケイさん』て呼んでた。男子も女子も」

「そうだったね」

クラスメイトによる呼称が「ちゃん」ではなく「さん」づけだったのは、当時からやたら気が強かったせいか。

「覚えててくれてありがとう、広中くん」

ここで啓子は名刺を差し出した。

「……羽角？　こんな名字だっけ？」

「それは夫の姓。もう亡くなったけど、そのまま名乗ってる」

「そうか。気の毒に」

「広中くんの方はどう？　結婚はしたの？」

「おれはずっと独身だよ」

「気の毒に」

冗談めかして言うと、初めて広中の表情が緩んだ。

「そういえば、ワサビを覚えてる？」

「もちろん」広中はわずかに目を細めた。

ワサビとはクラスで飼っていたハムスターの名前だった。緑色の餌が好きだから。それが名前の由来だったはずだ。

ある日、ワサビが急に弱り、体を硬直させたまま微動だにしなくなった。

——寿命だからしかたがないんだ。このままにしておくしかない。

そんな担任教師の言葉に反発した者がいた。

——クラス全員でお金を出して、獣医に診せよう。

それが飼育委員をしていた広中だった。

クラス会議の結果、一人百円を出し合って治療費を作り、広中がワサビを獣医のもとへ連れて行くことになった。

治療の甲斐なくワサビはすぐに死んでしまったが、広中は動物病院から受け取った領収書をコピーして皆に配り、余った金もきちんと分配してクラスメイトに返した。

学校の許しを得て、校庭の片隅にワサビの亡骸《なきがら》を埋めてやったのも広中だった。彼はどこからか御影石《みかげいし》の欠片《かけら》を拾ってきて、技術科の授業で使う工具を使い、器用に「ワサビ之墓」と文字を彫った。

「知ってる？　ワサビの墓は、いまでもけやき中の庭にあるんだよ」

そう教えてやると、嘘だろ、という調子で広中は目を丸くした。

「本当だって。いま娘があそこに通っているから。授業参観やら三者面談やらで、わたしもときどき学校へ行くのよ。だから知ってる」

「娘さんがいるのか」

「ええ。この春からもう二年生だよ。娘は、広中くんのことも知ってるよ」

今度は「嘘だろ」と実際に言葉を発し、広中はわずかに身を乗り出してきた。

「娘は新聞部に入っていてね、校内の隠れスポットを紹介する記事を書こうとして、ワサビの墓を見つけたらしいの。それで、あれは何だとわたしに訊いてきたから、広中くんの話を教えてやったことがあるのよ」

これも作り話ではなかった。広中は満更でもない顔をした。

「でも驚いた。まさか同級生の、しかも女子が刑事になっているなんて。ぜんぜん知らなかったよ」

「ごめんね。忙しくて、わたし同窓会に出たことないんだ」

「おれもだ。――で、これからケイさんがおれの取り調べをするのか」

「ええ」

「困るな。公務執行妨害で捕まったはずなのに、殺人のことばかり訊かれているんだけど」

　だから頭にきて黙秘を決め込んだようだ。

「ごめんね。実は、わたしが訊きたいのもその点なの」

「これって、別件逮捕ってやつだろ。表向きは公妨でも、本当は殺しで逮捕されているんだよな、おれ」

　はっきり言ってそうなのだが、立場上、頷くことはできず、この問い掛けには無言を貫くしかなかった。

「だからそう簡単には出してもらえないんだろ。これから何日も勾留《こうりゅう》されるんだよな」

「それは、わたしには何とも言えない。でもね、あの状況だと、遅かれ早かれ、いずれは殺人事件の参考人として呼び出されるのは確かだよ。そうなっても面倒でしょ？　わざわざここへ出直してくるのは」

「まあ、たしかに」

「わたしにだったら、店長が殺された件について、知っていることを正直に話してくれるよね」

「……分かった。だけど、こういうのはありなのか？」

　被疑者と刑事が知り合いではまずいのではないか。そう言っているようだった。

「知り合いとはいっても、もう三十年も会っていなかったんだし、別にわたしが広中くんに対して便宜を図るわけじゃない。客観的に話を聞くだけだから、裁判所も文句は言わないよ」

そう説明し、啓子はICレコーダーを机の上に置いた。

「じゃあ、順を追って教えてもらえる？　どうして広中くんがあの質店にいたのか。あの店で何があったのか」

広中は目で頷き、乾いた唇を舐めてから話し始めた。

高校卒業後、家業である寝具店を継いだが、商売に失敗し、生活に困窮した。自宅にあった金目のものは、古いホワイトサファイアの指輪だけ。死んだ母の形見だった。母には申し訳ないが、背に腹は代えられない。食べていくためには質店で換金するしかなかった。

石の形は、ほぼ球形。直径は三ミリほど。透明な結晶で、細かいカットが施されていた。

『リサイクル東亜』を選んだのは、以前にも一度利用したことがあったからだ。

自家用車はとうに売り払ってしまっていた。バス代も惜しかったので、歩いて行くことにした。

自宅はけやき中学校のすぐそば。そこからN町の質店までの道のりは約二キロ。

指輪は自分の指に嵌《は》めていったが、これが災いした。店に着いたとき、石がなくなっていることに気づいた。

途中で落としたのだ。

古い指輪だから、経年劣化で爪の形が歪《ゆが》んでいたらしい。

この失態に気づいたのが午後六時ちょうど。

引き返すかどうか迷ったが、せっかく来たのだから、店へ入ることにした。石がなくてもリングだけ換金してもらえるかもしれない。

入店して驚いた。カウンターの向こう側で、スタッフの人が俯《うつぶ》せになっていたからだ。ぐったりした様子だった。首に麻紐《あさひも》が固く巻きつけてあるのが見えた。

駆け寄ったとき、店の奥の方でガタガタと音がし、裏口から誰かが出ていくような気配があった。同時にアジア系の外国語も聞こえた。中国語かベトナム語だったと思う。

外国人の強盗に襲われたのだ。そう悟って一一〇番しようとしたが、まずは被害者を助けるのが先だと思い直した。

まだ生きていてくれと念じながら、麻紐を解きにかかったが、手が震えてしまい、どうしても上手《うま》くいかなかった。

とりあえず警察に通報するかと思い直したとき、出入口のドアが開いて別の客が現れた。男性の二人連れだった。

「何やってるんだっ」と二人に怒鳴られ、自分が犯人に間違われたことを知った。怖くなって逃げようとしたところを、その二人連れに取り押さえられた。

これが広中の供述した内容だった。

翌日の早朝から、地域課の若い警察官を動員し、落としたというホワイトサファイアの捜索が始まった。

肉眼による目視のほか、それを用いた方が効果的と思われる場所では、微物採取用の吸引機も使っての徹底した捜索だった。

自宅から、学校横の細い道を通り、住宅街の市道、公園内を通る石畳の遊歩道、国道沿いの歩道、そしてN町商店街の大通り。その全長約二キロが、広中の歩いた道路だった。

啓子も捜索に加わった。必死に捜した。運よく、事件発生以来、まだ雨も雪も降っていなかった。強風も吹いていない。上手くいけばどこかの地点で広中の宝石を見つけることができるはずだった。

供述によればアジア系の外国人が怪しかったが、それらしき人物の特定は一向に進まず、捜査本部の見方は、日を追って広中犯人説に傾き始めていた。

だから、この捜索には広中の命運がかかっていた。

ホワイトサファイアの市場価格は低いとはいえ、本物の宝石なのだ。質に入れればまずまずの値段はつくだろうから、生活に困窮している人間がわざと落とすはずがない。したがって、それが広中の通ったルート上で本当に見つかったら、店に向かった目的が「強盗」ではなく「換金」だったことが証明される。

ひいては、彼の証言全体の信憑性《しんぴょう》もぐっと高まる。

亡母《ぼうぼ》の形見だという小さな宝石は、完璧に無実を立証するまでには至らなくても、そうだと推定する証拠には十分になりうるのだ。

リングは残っているのだから、石が見つかりさえすれば、台座の形から、広中のものだと特定することはたやすい。

ホワイトサファイアの捜索に当たっている間、啓子は自分の持っている指輪を宝飾店に持ち込み、石を台座から外してもらった。この石も球形で直径は三ミリだった。

警察官になって最初にもらったボーナスで買った、あまり高くない指輪だった。石も安物で、ジルコンと呼ばれるダイヤモンドの紛《まが》い物だ。それを証拠品採取用の透明な小袋に入れて持ち歩いた。ときどき袋から出し、掌《てのひら》に載せ、じっと見つめることを繰り返した。球形で直径三ミリの宝石とはどんなものか。そのイメージを常に摑んでおくためだ。

石の捜索については、県警本部も杵坂署もプレスリリースを控えていたが、これだけの捜索活動が記者に知られないはずがなく、新聞や週刊誌の記事となって報道された。

捜索は難航した。始める前はどうにかなるだろうと楽観していたが、実際に現場に立ち、路面に顔を向けてみると、そう簡単に見つけられるものではないと思い直さざるをえなかった。ホワイトサファイアはほぼ無色透明だ。しかも直径三ミリとごく小さい。石というより粒といった方がいいぐらいだ。

ためしに自分のジルコンを路上に置いてみたが、少し離れただけで、もう肉眼では確認できなくなってしまった。

捜索は、三月二日から三月六日までの五日間にわたって続けられたが、結局、見つけることはできなかった。

おまけに自分のジルコンも、公園で石畳の通路を捜索した際、掌に載せて眺めているとき、うっかり落としてしまい紛失してしまった。

——これ以上の捜索を打ち切る。

上層部からそう指示を受けたあと、啓子は課長に頼み、留置場から広中を出してもらい、もう一度取調室で対面した。

ワサビのエピソードを知っている身にとっては、広中が犯人とは思えなかった。いかに生活に困ろうが、残忍な犯罪に手を染める人間とは絶対に思えないのだ。

「おれがやった、って言ったらケイさん、驚くか？」

広中はこの事態を予想していたような態度を見せた。

自暴自棄になるな、と啓子は表情で訴えた。そっと隣室に流し目をくれてもやった。

そこで、マジックミラー越しに、ほかの刑事たちがこちらを見ている。だから軽々しく滅多なことを言うな。心証が悪くなる。そう無言で忠告した。

しかし広中は、涙を滲《にじ》ませた声で繰り返した。

「おれだよ、おれがやった」

生活に疲れ果てていたところで、さらに重罪の濡れ衣まで着せられてしまい、もう生きる気力を失った。いずれ国家に殺してもらえるなら、むしろその方が好都合。そんなふうに思い始めた節《ふし》があった。

結局、情況証拠に加え、その後も「自分が殺した」と主張し続けたことが決め手になり、広中は殺人と強盗未遂の容疑で逮捕され、起訴された。

一審の裁判で、広中の国選弁護人は、見つからないホワイトサファイアを論点にすることは避け、防犯カメラのハードディスクが無くなっていた点を検察側に問い質《ただ》した。真犯人は裏口から逃げたと見られるアジア系の外国人であり、ハードディスクもその人物が持ち去ったのではないかと主張した。

だが店のオーナーは、「防犯カメラは殺された店長が一人で管理していたため、よく分からない」と証言した。つまり最初から設置されていなかった可能性もあるということだ。

裁判所も弁護人の主張を退け、広中には無期懲役の判決が下った。

事件から半年ほどしても、広中の顔は頭から離れなかった。

九月に入り、やっと涼しくなったころ、啓子が疲れた足取りで帰宅すると、玄関の三和土に見慣れないスニーカーが置いてあった。

色はライトベージュで、横にグレーの線が五本入っている。メッシュ素材だから通気性はよさそうだ。裏返してみると、ラバーソールには幅二ミリほどの溝が縦横に細かく走っていた。

これまで菜月に買ってやった靴の中に、このスニーカーは含まれていないはずだ。刑事という仕事柄、靴には敏感だから、その点は断言できる。

家に上がって、すぐ菜月に質問した。「玄関に新しいスニーカーがあったけど、あれどうしたの」

「副賞の商品券で買った」

「副賞?　何の?」

「学校新聞コンクールのだよ」

「ああ、あれね」

その話なら知っていた。先週の勤務中、菜月から「快挙達成」というタイトルでメールが送られてきたからだ。こっちは仕事に忙しく、それどころではなかったので、「おめでとう」とだけ返事をしておいた。

「ほら、これが特別賞に輝いた記事」

菜月はテーブルの上に、「けやきタイムス　通算第58号」と題された紙を置いた。ちょうど新聞紙ほどの大判の紙だった。いや、文字通り、菜月たちが部活動で発行している新聞だった。四月の頭に出たものらしい。

紙面には四つほど記事が載っていて、一番大きなものには【ある重大事件の検証】と見出しがついている。

『N町の質店で起きた殺人事件で被疑者とされたのは、けやき中学の卒業生だった。広中日出数さん。彼ははたして本当に犯人なのか。

事件当日、彼が紛失したという宝石が、無実を証明する鍵であることは、新聞や週刊誌で報じられたとおりだ。広中さんが在校中に残したハムスターのエピソードを知るわたしたち一年生の新聞部員五名は、警察が捜査した場所を改めて捜索してみることにした。

捜索にあたっては、部員以外の生徒にも協力を仰いだ。広中さんが質店に向かうために歩いたルート。それとほぼ同じ道を通学路にしている一年生の生徒五人である。この合計十名で、三月十日からの三日間、宝石を捜した』

という記事だった。

『残念ながら広中さんが落としたという宝石は見つからなかったが、わたしたち新聞部員は、彼は無実だと信じている。引き続きこのキャンペーンを行なっていきたい。（新聞部一年生代表、羽角菜月）』という言葉で締められている。

記事には写真も掲載されていて、そこには五人の生徒が並んで写っていた。

【今回の捜索に協力してくれた麻生正敏《あそうまさとし》くん、多田京香《ただきようか》さん、安本彰人《やすもとあきひと》くん、山口研太《やまぐちけんた》くん、藤野舞衣《ふじのまい》さん】

とのキャプションがついていた。照れているのか、五人とも顔を俯《うつむ》きがちにしているる。そのため、やや上目遣いになってしまっているところが、可愛いと言えばそう言えるかもしれない。

ざっと読み終えて、啓子は菜月の顔を見据えた。

「……どうしたの、母さん。そんな不機嫌な顔して」

「あんた、本当にこんなことやったの」

「そうだよ。黙ってたけど。それで怒ってるの？」

「いいえ。危ないでしょ、って言いたいのよ。たとえ歩道とはいえずっと下を向いて歩いていたらね。自転車やほかの歩行者にぶつかって怪我をするおそれがあるし」

「そこは十分に気をつけたよ」

「ならいいけど」

口ではそう言ったものの、不機嫌になった理由は別にあった。

警察官としては、この記事に書かれた新聞部員たちの行動は歓迎できるものではなかった。ある捜査員が取り調べ、いったんシロかクロか判断し終えた案件を、別の捜査員が改めて捜査し直した場合、これを警察では「尻洗い」と呼んでいる。相手が中学生といえども、この尻洗い捜査をやられるのはいい気がしなかった。

新聞部の顧問は教頭自らが当たっている。そう聞いていた。こんな企画を許すぐらいだから、かなり自由なものの考え方をする教師らしい。

「しかし、よくもまあ、こんなキワモノっぽい記事で賞なんかもらえたわね」

「中学生にしてはかなり意欲的な試みだって評価された。――ねえ、この新聞、額縁に入れて玄関に飾っておいてもいいよね。家に来たお客さんにも見てもらいたいから」

勝手にしなさい、と啓子は手を振った。玄関に学校新聞？　内装としては滅茶苦茶だから、本音としては反対したかったが、昂揚している娘の様子を見て、駄目とは言えなかった。

3

気がつくと、リビングのデジタル時計が、再びルル、ルルと耳障りな音を立て、早く出勤しろと急《せ》き立てていた。

広げた紙面に視線をやりつつ、脳裏で長い回想にふけってしまっていた。

軽く頭を振ってから、啓子は改めて新聞を畳んだ。この短めの記事は、拘置所の広中から自分に送られてきた、近況を伝える手紙のように感じられてならなかった。灰色の手紙だ。罪悪感というやつを覚えているせいだろう、目に触れる場所に置いておく気にはなれず、畳んだ新聞はテーブルの端に積んである雑誌の下にしまいこんだ。

出勤前、玄関口に飾られた「けやきタイムス　通算第58号」に一瞥《いちべつ》をくれてやった。

――『このキャンペーンを行なっていきたい』。

当時の菜月は威勢よく書いているが、現在はどうか。広中を覚えている部員がどれぐらいいるだろう。

午前中に書類仕事をし、午後から後輩の黒木《くろき》駿《しゅん》と町に出た。いま担当しているのは、とある傷害事件の見当たり捜査だった。

「羽角主任、さっきからじっと下ばっかり見てますね」

突然、黒木に言われ、啓子はハッと顔を上げた。

「我々の追っている相手は、俯いていたら決して見つからないと思いますが」

「ごめん」

「主任らしくないですね。もしかして、今朝の記事を読んだせいですか。広中の」

黒木の勘は悪くない。そうでなければ刑事は務まらないのだが。

直径三ミリの証拠品を見つけられなかった罪悪感。もう風化したと思っていた苦しい心情が、これほどはっきりよみがえってくるとは意外だった。

「でも気持ちは分かりますよ。それが刑事というものだと思います」黒木は照れたように鼻の横を掻きながら続けた。「いいです。上には黙っておきますから、今日だけは主任のやりたい捜査をやってください」

「ありがとう。――じゃあ、ちょっとだけ時間をもらうね」

黒木に軽く手を振って、啓子はN町の方へ戻った。

路上のホワイトサファイアを捜したかったからではない。つい先ほど、人通りの中に、ある気になる集団を見かけたからだった。

いま目の前を、中学生が五人ばかり固まって歩いている。男子が三人、女子が二人。通学用のリュックを背負っているところをみると、下校途中のようだった。けやき中学の生徒だ。体格や雰囲気からして、菜月と同じ三年生だろう。

特に注目したのは彼らの足元だった。ライトベージュでグレーの線、そしてメッシュ素材。菜月が大事にしているあのスニーカーと同じものを、五人全員が履いているのだ。彼らも新聞部員だろうか。いや、違うようだ。同期部員なら何度か家に来たことがあるから顔をよく知っている。いま歩いている五人は、いずれもその面影に当てはまらない。

ただし、それぞれの顔にどことなく見覚えはあった。

やがて彼らはN町の大通りに店を構えるファミレスへ入っていった。

下校途中で飲食店に入ることは、教師から特別に許可をもらわないかぎり、校則で禁止されているはずだが、それほど気にするふうでもない様子だ。

啓子もあとを追って入店すると、出てきた女性スタッフに辞儀をされた。

「お一人さまですね。お席へご案内します」

「すみませんが、連れがこれから来ることになっているんです」とっさに嘘を言い、待合スペースの椅子を指さした。「ですから、ちょっとここで待たせてもらっていいですか」

「どうぞ」

椅子に座り、観葉植物の陰から店内の様子を窺った。

そして啓子は巻いていたマフラーで顔の下半分を隠した。

案の定、五人の生徒たちの向かった先のテーブルに菜月が座っていたからだ。

五人が菜月を取り囲むようにして腰を下ろすと、菜月は彼らの方へメニューを差し出した。

五人が口々に注文し、菜月がそれを一生懸命な様子でメモ帳に書き留める。

そのうち店員が来て、菜月が注文を伝えた。ドリンクバーへ五人分の飲み物を取りに行ったのも菜月だった。必死の表情で一人あくせく動き回る姿は、まるで使用人といった体《てい》だ。

啓子は足音を殺し店の外へ出た。黒木に電話をかける。

「そっちはいまどこ」

《杵坂駅前の交差点に来ています》

「分かった。そこで待ってて。すぐに行くから合流しましょう」

《どうしたんです?》

「何が」

《声がまた一段と沈んでますよ、さっき別れたときよりも。何か心配ごとが増えましたか?》

黙って電話を切った。やはり敏感で、頼もしい後輩だ。いい刑事に育つに違いない。

だが、まだ独身だから、子を持つ身の悩みまでは理解できないだろう。

雑踏の中に目を向けた。傷害事件の被疑者を捜しているつもりが、気がつくと広中と菜月の顔が交互にちらついていた。きつく目をつぶっては頭を小刻みに振る。意識を切り替えるために何度もそうしなければならなかった。

日没まで見当たり捜査に専念したが、結局成果はゼロで、署へ戻る足は重かった。

4

帰宅して、リビングのテーブルに座り、菜月の淹《い》れてくれた紅茶のカップを手にした。食器棚の方に目を向け、ガラスの反射を利用し、娘の様子をそっと窺う。

しばらくそうしてから、啓子は菜月の名を呼んだ。

ところが菜月の方も、同じタイミングでこちらに向かって口を開いたところだった。

「菜月」

「母さん」

互いに呼び合う言葉が面白いほどぴたりと重なる。

こんなときはいつも母娘で笑い合うのだが、今日はとても笑顔を作る気になどなれなかった。

それは菜月も同じだったらしい。何か見せたいものがあるらしく、片手を服のポケットに入れている。やや緊張気味の表情だ。ただし軽く興奮も入り混じっているようで、鼻の穴が心もち膨らんでいる。

お先にどうぞの意を、菜月は、上にした掌をこちらに向けるジェスチャーで示してきた。

「ありがと。じゃあ母さんから言うよ。――ちょっと立ってごらん」

「は？」

「立ってみて」

菜月は言われたとおり、すっと椅子から腰を浮かせた。

「何か意味あるの、これ」

「いいから黙ってて。じゃあ、今度はちょっと歩いてごらん」

さっきよりも一段と大きな音量で返ってきた二度目の「は？」を無視し、啓子はリビングの空いているスペースを指さした。

「そこを歩いて。五、六歩でいいから」

「どうしてよ？」

「とにかく言うとおりにして」

変なの、とぼやきつつ、今度も菜月は言うとおりにした。

だるそうにしている、動きが緩慢、などのほかにも、いじめを見破るサインはある。

・立ち上がるときテーブルに手をつく。
・歩く姿勢がおかしい。
などだ。もしこれらに当てはまれば、暴力を受けているのではないかと疑ってみる必要がある。腹や足を蹴られたりすれば、痛みのせいで背筋を伸ばしたり、すっと腰を浮かすのが難しくなるものだ。

だが、いま見せた菜月の動作に、不自然な部分は一点もなかった。

「母さん、機嫌がいま一つだね。きっと空振りだったんだ、今日の仕事」

「まあね」

「でも、もっと気がかりなことがあるんでしょ」

勘のよさでは菜月も黒木に引けをとらない。母親の内面など、ふとした言動から簡単に見抜いてしまう。もっとも十五年も顔を突き合わせて暮らしているのだから、それも当然か。

うじうじと一人悩んでいても埒《らち》が明かない。はっきり訊いてしまうことにした。

「あんた、今日何してたの、N町のファミレスで」

菜月の眉根がじわじわと時間をかけて中央に寄っていった。

「母さん、もしかして、今日あの店にいたの?」

「訊いてるのはこっち。答えなさい」

「わたしたちのことを監視してたの？　仕事をサボって」

「何をしていたのかって訊いてるの。黙っているつもりなら、こっちから言うよ。……ほかの生徒五人に奢ってたんじゃないの？」

「そうだよ」

啓子は思わず額に手をやった。

「それって、無理強いされてやったんだよね」

「まさか。違うって」それが菜月の返事だった。

「だって、あんたは五人の奴隷みたいになって必死に立ち働いてた」

「あれは、のんびりしていられないからだよ。教頭先生はＯＫしてくれたけど、学校帰りにファミレスに寄るのは、本当は校則違反でしょ。だから、できるだけ早く切り上げて出て行かないといけなかったんだよ」

話がよく分からなくなってきた。啓子は額に当てていた指で側頭部を揉んだ。

「無理に奢らされていたわけじゃないのね。だったら、あの五人にご馳走した理由は何なのよ」

「あれはね、要するに……ハキチンなの」

「ハキチン？　何それ。ますます意味が分からないじゃない」

ええと、どこから説明したらいいかな……。面倒くさそうに呟きながら、菜月も頭に手をやった。

「あのね、ファミレスで使ったのは、わたしのお金じゃないの」

「じゃあ誰のよ」

「学校の」

「どういう意味？　それ」

「新聞部の予算って意味だよ」

啓子は額から手を離した。予算。この場にそぐわない事務的な言葉が出てきて、どう反応していいのかすぐには分からなかった。

「顧問の教頭先生から、ちゃんとOKを取って使ってる。学校帰りにファミレスに行って、五人にご馳走してもいい。そういう許可をもらってね」

「だって、あの五人は新聞部じゃないでしょ」

「そうだよ。部員じゃない。ないけど、あの人たちには新聞部の仕事をしてもらってるんだよ。ほとんど毎日ね」

まだ話がよく見えない。

「母さん、気づかなかったの？　あの五人とわたしに共通点があったでしょ」

菜月は意地の悪い顔になった。

「もしかして、スニーカーのこと？」

「なんだ。さすが腐ってても刑事だね。ちゃんと分かってるじゃない。そう、スニーカー。五人には、わたしたち新聞部員と同じあの靴を履いて登下校してもらってるの。この一年半ぐらいずっとね。だから、時々、そのお礼をしているんだよ」

ハキチン。謎だった言葉の意味が、やっと理解できたように思った。

「あの五人はみんな『お礼なんか要らないよ』って言ってくれた。でも、部員でもない人にただで協力してもらっているんだから、そうもいかない。だから、こっちの方から無理やり、あのファミレスで奢らせてもらっていたわけ」

ハキチンとは、スニーカーを履いてもらっている対価。つまり「履き賃」だ。

だが、どうして彼らにあのスニーカーを履いてもらう必要があるのか。それがなぜ新聞部の活動になるのか。そもそもあの五人はどういう生徒なのか。それぞれの顔に、何となく見覚えがあるような気もしたのだが……。

「母さん、そんなことよりさ、もっともっと大事な用件があるんだけど。次はわたしの話を聞いてくれない？」

菜月は改めて服のポケットに手を入れ、そこから何かを取り出した。これ見て、と言いながら、勢い込んでそれを差し出してくる。ジッパー付きのビニール袋のようだったが、一見した限りでは、空《から》のようにも見えた。

だが、こっちはそれどころではなかった。

迫ってきた菜月の手から逃れるようにして、啓子は椅子を後ろへ引き、立ち上がった。

あっ、と思い当たることがあったからだ。

菜月を無視し、小走りにリビングを出た。

向かった先は玄関口だった。

下駄箱上の壁。そこに飾ってある、「けやきタイムス　通算第58号」に目を凝らす。

これだ。新聞部に協力したという麻生、多田、安本、山口、藤野。今日のファミレスで見かけた五人に顔が完全に一致している。

彼らはどんな生徒だったか。

写真から記事に視線を移した。ざっと読み返す。

そう、広中が自宅から質店まで通ったルート。この五人は、あのルートとほぼ同じ道を通学路にしている生徒たちだった。

そこまで思い至ったとき、

「ああ」

意識しないうち、啓子は小さな声を上げていた。そういうことだったのか。

終わっていなかった。

諦めてはいなかったのだ。

事件から二年経っても、菜月たち新聞部員とその協力者たちは、広中の無実を信じ続け、「キャンペーン」を続けていた――。

「母さんてば」

呼ばれて振り返ると、菜月がすぐ背後に立っていた。

「これ見てって。念のため」

菜月が差し出してきたジッパー付きの小さなビニール袋を、今度こそ啓子は手にした。

さっきちらりと見ただけでは気づかなかったが、中に入っているものがある。

たったいま、もしやと予想したとおり、小さな石だった。球形。直径は三ミリほど。

透明な結晶で、細かいカットが施されていた。

5

――ついに見つかったホワイトサファイアが、新たな証拠として最高裁に採用されることは確実だ。これで再審請求も間違いなく認められるだろう。

広中の弁護人がマスコミに向けて出したその声明は、杵坂署刑事課長の口を通して啓子の耳にも届いた。

また、「けやき中学の新聞部員と、彼らに協力した生徒たちには、新証拠を発見した功績を称え、検察や警察から感謝状が贈られるかもしれない」、との情報も聞いた。

冷静に考えれば、これはおかしな話だ。新証拠が出てきたせいで、検察と警察は自分たちの仕事にミソをつけられたことになるのだから。

「ただいま」

菜月の声がしたので、啓子はリビングの椅子から立ち上がった。

手近にあった新聞紙を手に玄関口へと向かうと、上がり框に菜月が腰を下ろしていた。

その背中に向かって訊いてみる。

「どうだった。喜んでもらえた?」

「そんなに心配しなくてもいいって」

声に不安が混じったのを悟られたようだった。振り返った菜月の顔には意地の悪い笑みが浮いていた。

「安心して、母さん。全部、あっという間にみんなの胃袋におさまったから」

今日、菜月が向かった先は、すでに卒業したけやき中学校だった。あとを託す新聞部の後輩たちに、手作りの菓子を差し入れるために出向いたのだ。

二十個ほど作ったカップケーキのうち、半分は啓子が担当したものだった。ボウルの中で卵やらベーキングパウダーやらをこね回したのはずいぶんと久しぶりだったから、味にいま一つ自信が持てなかったが、菜月の返事を聞いてまずはほっとした。

「それから、頼まれたとおり、ちゃんと公園へ寄り道してきたよ。石畳の通路を五往復ぐらいしてきた」

「ありがと。じゃあ、はいこれ」

手にしていた新聞紙を渡すと、菜月は三和土にそれを敷いた。表になったのは偶然、いつぞや目にした灰色の手紙――広中の無期懲役確定を報じる紙面だった。

スニーカーの掃除を始めた菜月の斜め後ろで、啓子もしゃがみ込んだ。

「どう?」

「ちょっと待ってね」

菜月はスニーカーを裏返し、ラバーソールにヘアピンの先を当てた。

ゴムに刻まれた約二ミリ幅の溝。直径三ミリの物体なら、ちょうどすっぽり入るスペースだ。

そこからぱらぱらと掻き落とした小石やゴミに啓子はじっと目を凝らした。

ジルコンは……見当たらなかった。

「残念だね」菜月も溜め息をついてみせた。

「じゃあ明日も行ってきて。お願い」

「無理だよ。こっちも高校への入学準備で、すでに忙しい身なんだから」

「やっぱり人海戦術を使わないと駄目か」

「それも無理。広中さんのサファイアと違って、母さんのジルコンは新聞部のキャンペーンに該当しないからね。それに、あの道を通学路にしていたみんなも卒業しちゃったし」

広中のホワイトサファイアが見つかったことを、「単なる偶然」と言う人もいた。

そうかもしれない。だが――。

菜月たち新聞部員のやったことを思い返す。

広中が通ったルートと通学路が重なっていた生徒たち。彼ら五人に、二ミリ幅の溝が細かく縦横に走るスニーカーを一年半のあいだ履いてもらい、一回登下校するたびに、ラバーソールに挟まった微物を採取し続けた。

そうして、例のホワイトサファイアが含まれていないかどうかを、来る日も来る日も調べていった。

菜月たち部員も下校の際、時間に余裕があるときは、敢えて遠回りをし、そのルートを歩いて帰宅した。

彼らの払ったそうした努力を考えると、先日、五人のうち一人の靴底から、直径三ミリの宝石が見つかったことを「偶然」の一言で片づけてしまう気には、とてもなれなかった。

スニーカーの掃除を終えると、菜月は大袈裟《おおげさ》に揉み手をしてみせた。

「ところでお客さん。特別料金を頂戴できるなら、もうしばらくジルコン捜しをやってもいいですが、どうしますかい？」

「けっこうです。もう諦めるから。あと一週間もしたら、あんたもスニーカーで登校ってわけにはいかなくなるしね」

啓子は下駄箱の扉を開け、すでに箱から出しておいた茶色の革靴を取り出した。

解説

佳多山大地（ミステリ評論家）

「読んでから見るか、見てから読むか。」とは、森村誠一原作の映画『人間の証明』（一九七七年公開）のあまりに有名な宣伝文句だ。それが人口に膾炙《かいしゃ》しすぎた結果、そもそも何かの宣伝だったのかもあやふやになり、令和の今ではタイパ（タイムパフォーマンス）のためにする会話で〝日常使い〟されているような。そう、「月9の『教場《きょうじょう》０』ってさ、ドラマを見るまえに原作も読んでおくほうがいい？」などと。

ただ今この解説を書いている二〇二三年四月半ば、長岡弘樹原作、木村拓哉主演の四半期《ワンクール》連続テレビドラマ『風間公親《かざまきみちか》－教場０－』の放送がスタートしたばかりだ。解説子の僕は、とりあえず〝録り溜め〟しておき、最終回が迫るころにイッキ見するつもりでいる。おそらく、年若い長岡ファンの多くは、今回の月9ドラマ進出に先立つ〈教場シリーズ〉の二度にわたる映像化（二〇二〇年一月『教場』放送、二一年一月『教場Ⅱ』放送）の際に、原作に手をのばした向きではなかろうか。

長岡弘樹は今年（二〇二三年）の夏、作家デビューから二十年の節目を迎える。長岡の作家としてのキャリアは、第二十五回小説推理新人賞に投じた「真夏の車輪」が受賞作に選ばれ、「小説推理」二〇〇三年八月号に掲載されたことに始まる（当時の選考委員は乃南アサ、花村萬月、森村誠一の三人）。しかし、年来の長岡ファンには周知のとおり、この出発点といえるデビュー短編はずっと単行本に収められることがなく、ファンのあいだでも〝幻の作品〟と化していた。それが今年三月、デビュー二十周年を記念して双葉文庫オリジナルで刊行された『切願《せつがん》　自選ミステリー短編集』に初めて収録されたのは欣快《きんかい》！　野球場の自転車置き場から一台の自転車を盗んだのも高校生なら、盗んだ相手を探す被害者も高校生。どちらも当然〈素人〉ながら、追う者と追われる者との緊迫の対決劇にページを繰る手がとまらない秀作だ。きっと愛着があったはずのデビュー短編はもとより、当代一流の短編の名手である長岡が、自作のなかでどの作品を偏愛しているかを窺い知れるのも自選集ならではの魅力である。

おっと、長岡弘樹は「短編の名手」だと、筆が走ってしまった。件《くだん》の自選集『切願』まで含め、二〇二三年四月現在、長岡の単独名義の著作は二十四冊を数える。そのうち短編集の冊数は三分の二を優に超えていて、どれほど長岡が短編ミステリーの創作に力を注いできたかがわかるというものだ。いまや長岡は押しも押されもせぬ名手の地位にいるけれど、その評判を得る大きな一歩となったのが第六十一回日本推理作家協会賞短編部門受賞作「傍聞き《かたえぎ》」（二〇〇八年刊『傍聞き』所収）のインパクトにほかならない。老婆の一人暮らしの家で盗みを働いた犯人が、とある場所で交わされる会話を傍聞き（漏れ聞き）したために観念する物語は、綺羅星のごとき歴代短編部門受賞作のなかでも屈指の出来といって過言ではない。

この出世作「傍聞き」で初登場を果たしていたのが、本書『緋色の残響』（二〇二〇年刊）のWヒロイン——杵坂《きねさか》署強行犯係刑事の羽角啓子《はずみけいこ》とその一人娘の菜月《なつき》である。「傍聞き」のとき、母親が通り魔殺人の捜査に忙しない様子を利用するかたちで隣人をなぐさめる知恵を発揮した菜月は、まだ小学六年生。続いて羽角親子は「赤い刻印」（二〇一六年刊『赤い刻印』所収）に再登場し、時効が間近にせまる過失致死事件の犯人を意外な証拠から特定するに至った。そしていよいよ、一冊まるごとWヒロインの活躍を描く短編を並べた、通称〈「傍聞き」シリーズ〉の第一集（菜月の中学時代を描くもの）が本書というわけだ。ちなみに、中学三年に上がって間もない菜月が血のつながった祖母と初対面した「赤い刻印」は、時期的には本書の表題作と「暗い聖域」のあいだに位置するはずである。

——では、肝腎の本書収録作（初出誌はすべて「小説推理」）の紹介に移ろう。もちろん、ネタばらしのないよう配慮しているが、なにぶん短編であるため、読みどころを押さえるだけでも察しのいい読者は当たりをつけてしまいそうだ。もしこの解説から先に目を通されている向きは、粒ぞろいの収録各編を存分に味わってからここに戻ってきてもらうほうがいい。

「黒い遺品」(二〇一七年十月号)

地元の不良グループでサブリーダー格だった若者が殺害された。事件発生時、現場付近を小走りで去る不審な男を見かけたのは、中学校から帰宅途中の羽角菜月だった……。重要な目撃者となった菜月は、じつに新聞記者志望の彼女に似つかわしい方法で容疑者の似顔絵を仕上げてみせる。シングルマザーの啓子が部下に冷やかされる〝春の予兆〟が、あえなく謎解きの伏線として回収されてしまうのにもニヤリとさせられる。

「翳った水槽」(二〇一八年四月号「水合わせ」改題)

羽角菜月の担任教師、江坂恵弥《えさかめぐみ》が自宅マンションの部屋で物言わぬ死体となって見つかる。事件発覚の直前、菜月は江坂先生の部屋に忘れ物の手帳を届けに行っていて……。殺人事件の犯人を今回は目撃できなかった菜月だが、そのかわり彼女は自分では気づかぬうち、被害者の部屋で重要な手がかりを目にしていた。教師殺しの容疑者を、羽角啓子が〈傍聞き〉の手法で油断させているところも見逃せない。

「緋色の残響」(二〇一八年十月号)

ピアノ教師の目のまえで、教え子の中学生の少女(羽角菜月の同級生)が急死した。優秀な食物アレルギーによる不幸な事故で、教師の責任は問えそうになかったが……。優秀な刑事である羽角啓子は、まだ中学二年のわが子が容疑者を落とす巧妙なテクニックに舌を巻くことになる。母と娘の、血は争えないということだろう。じっと耳を澄まして読むべき作品であり、「傍聞き」と比肩するシリーズ代表作だと太鼓判を押したい。

「暗い聖域」(二〇一九年四月号)

羽角菜月は、ほとんど話したこともない男子生徒から、個人的に料理を教えてほしいと頼まれる。なんでも、健康にいいと聞くアロエを美味しく食べさせたい相手がいるようで……。知識とは、時に矛《ほこ》にも盾《たて》にもなる。母親の啓子は「翳った水槽」で、とある生き物に関する知識を武器にした。一方、本作で娘の菜月は、アロエに関する知識を盾として用いたが、その防御は母親の助けがなければ充分でなかったと思い知る。

「無色のサファイア」(二〇一九年十月号「灰色の手紙」改題)

娘の菜月が、いじめの被害に遭っているかもしれない。担任教師の話では、菜月が別のクラスの生徒五人にファミレスでたかられているのを目にした者がいるらしく……。

新聞部に所属する羽角菜月は、埋もれてしまいそうな真実の発掘を簡単にはあきらめない。とある冤罪を晴らすための、ごくごく小さな手がかりを、中学生ならではの工夫と予算で地道に探しつづけていたのだ。菜月、中学時代最後の大手柄。

　警察学校が主要な舞台となる〈教場シリーズ〉と並ぶ長岡弘樹の大看板、〈「傍聞き」シリーズ〉の際立つ特徴は、母親である羽角啓子が優秀な警察官であるのに相対《あいたい》し、その娘の菜月が名探偵と呼ぶほかない逸材であることだ。並び立つWヒロインはもちろん堅い信頼関係で結ばれていると同時に、こと捜査能力においてはライバル関係にあるとしか言いようのない緊張感を時に醸し出す。本書『緋色の残響』のなかだと、羽角親子と容疑者の三人が〝決戦の場〟に居合わす「翳った水槽」と表題作とに、それがよくあらわれている。前者の話では母親が容疑者を、後者の話では娘が容疑者を、ひそかに追い詰めつつあることにライバルは気づけず一敗地にまみれるのだ。ともあれ、中学生の菜月の周囲でこそ穏やかならぬ事件が続発する不自然さ（！）は、少女自身がそれを引き寄せる〝名探偵体質〟に生まれついたがゆえの不幸なんだなあ。

――さて、すでに作者の長岡は〈「傍聞き」シリーズ〉の掉尾《とうび》を飾る連作を「小説推理」に不定期連載中である。新たな連作の皮切りの一編、「緑色の暗室」（二〇二一年十二月号）に登場する羽角菜月は高校二年生。高校でも新聞部に所属する菜月は、偶然再会した教育実習生（現在は晴れて小学校教師）が急に〝植物嫌い〟になったのに戸惑いながら、最後は母親の洞察力に圧倒されてしまうのだ。シリーズ第二集にして完結編は、今年八月『球形の囁き』のタイトルで刊行されるとのことなので楽しみに待ちたい。

本作品は二〇二〇年三月、小社より単行本刊行されました。

双葉文庫

な-30-05

緋色《ひいろ》の残響《ざんきょう》

2023年6月17日　第1刷発行

【著者】
長岡弘樹《ながおかひろき》

【発行者】
箕浦克史
【発行所】
株式会社双葉社
〒162-8540 東京都新宿区東五軒町3番28号
［電話］03-5261-4818(営業部)　03-5261-4831(編集部)
www.futabasha.co.jp（双葉社の書籍・コミックが買えます）
【印刷所】
大日本印刷株式会社
【製本所】
大日本印刷株式会社
【カバー印刷】
株式会社久栄社
【DTP】
株式会社ビーワークス

【フォーマット・デザイン】
日下潤一

ISBN978-4-575-52668-4 C0193
Printed in Japan

JASRAC 出 2302985-301

長岡弘樹　好評既刊　双葉文庫

陽だまりの偽り

老人が、同居する嫁から預かった金を紛失したことで、彼女の本当の気持ちに気づく――表題作。日常に起きた事件をきっかけに浮かびあがる、人間の弱さや温もり、保身や欲望を浮き彫りにした五編。短編ミステリーの名手・長岡弘樹の原点となるデビュー作！

長岡弘樹　好評既刊　双葉文庫

傍《かたえ》聞《ぎ》き

娘の不可解な行動に悩む女性刑事が、我が子の意図に心動かされる——表題作（日本推理作家協会賞短編部門受賞）。「おすすめ文庫王国」（本の雑誌増刊）２０１２ 国内ミステリー部門第一位に輝いた短編集。予測不可能の展開と、深い人情劇が見事に融合した四編。

長岡弘樹　好評既刊　双葉文庫

切願
自選ミステリー短編集

二〇〇三年に作家デビュー後、ミステリー界の最前線で発表してきた短編小説は百二十編超。その中から、著者が選りすぐった五編を収録。くわえて、未刊行だった第二十五回小説推理新人賞受賞作「真夏の車輪」を大幅に加筆修正して初収録。

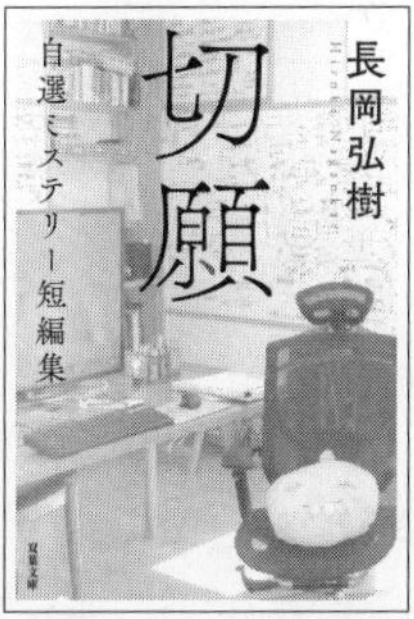